玉ちゃんの奇跡

〜母親の認知症の進行を止めた
愛の介護ドキュメンタリー〜

常盤宗夫

ほおずき書籍

2014年のクリスマスに、手を振ってニッコリ（玉枝・87歳）

2017年４月、ステント施術前に妹一家と共に（玉枝・89歳）

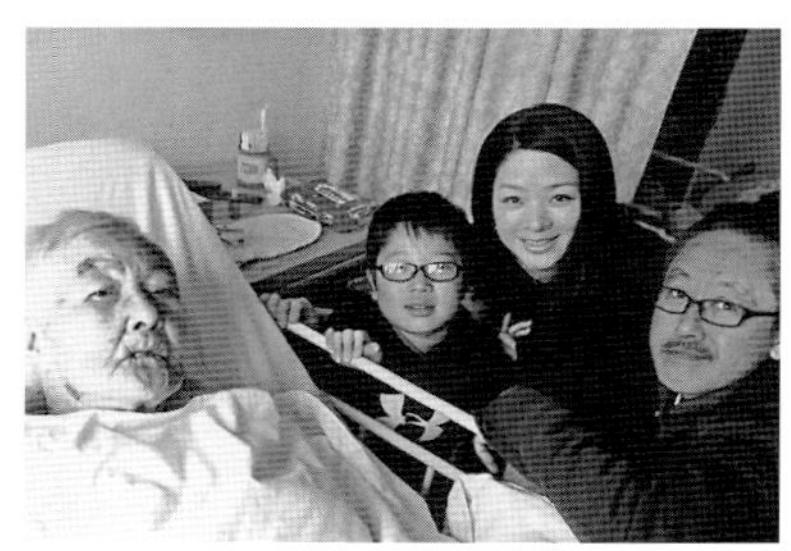

2017年４月、弟一家と

なぎなたの稽古（玉枝・高校生）

1956年、光夫32歳、玉枝29歳、宗夫１歳

玉ちゃんの奇跡～母親の認知症の進行を止めた愛の介護ドキュメンタリー～／目次

人物・団体は一部仮名

玉ちゃんの奇跡

「お母さん、何か焦げてるよ！」

　会社から帰った私は急いで台所へ行き、煙を上げているカレーの鍋の火を止めた。

「あれー、やだね。誰がやったの？」

　後ろからのぞきこんだ母が言った。

「うちには二人しかいないんだから、お母さんでしょ。これで三度目だよ。今に火事になっちゃうよ。気をつけてね」

「……おかしいね。私、知らないよ。火なんかつけないもの」

　母は納得がいかない様子で首をかしげた。

父母の事

一九九四（平成六）年に亡くなった父・常盤光夫（享年七十）は、若槻中（現在の北部中）、三水第一中、更北中、青木島小学校、長野県ろう学校などで教鞭をとった。

昭和三十年代に若槻中学校を卒業した教え子たちは約四十人。同級会を「常盤会」と名付け、父が亡くなった今も毎年続けてくれている。私は、その会に二度招待された。教え子たちが代わる代わるお酌に来て、父の思い出話を聞かせてくれた。

（父のことを、こんなに思ってくれている人たちがいるんだ）

会の途中から、私は不覚にも涙が止まらなくなって困った。

彼らは父に、「坊っちゃん」というあだ名を付けていたことを知った。父は正義感が強く、若く初々しかったからだと思った。しかし、真相は、自転車で若槻の坂道を下ってきた父が、勢いよく川に「ボッチャーン」と落ちたからだと聞かされた。

◇

母の玉枝は、二十五歳で結婚するまで、父の勤める中学校近くの幼稚園で先生をしていた。当時、言い寄る男性たちがたくさんいたそうだが、「私には婚約者がいますから」と断っていたそうだ。

五十代から民生委員を務めた。同時に、市の入浴介助ボランティアグループに所属し、二人一組で一人暮らしの高齢者宅を訪ね、入浴介助を続けた。いつも笑顔で人に奉仕することに喜びを感じる人だった。

◇

私は学生時代から、父母に大変苦労をかけてきたので、大きな負い目を感じている。

京都大学に憧れ、二年間浪人した。やっと入った早稲田大学法学部では三回留年。結局、大学百年祭の恩赦で卒業したときは七年生だった。長野市にUターン後、三十歳から、市内の新聞社に勤めた。

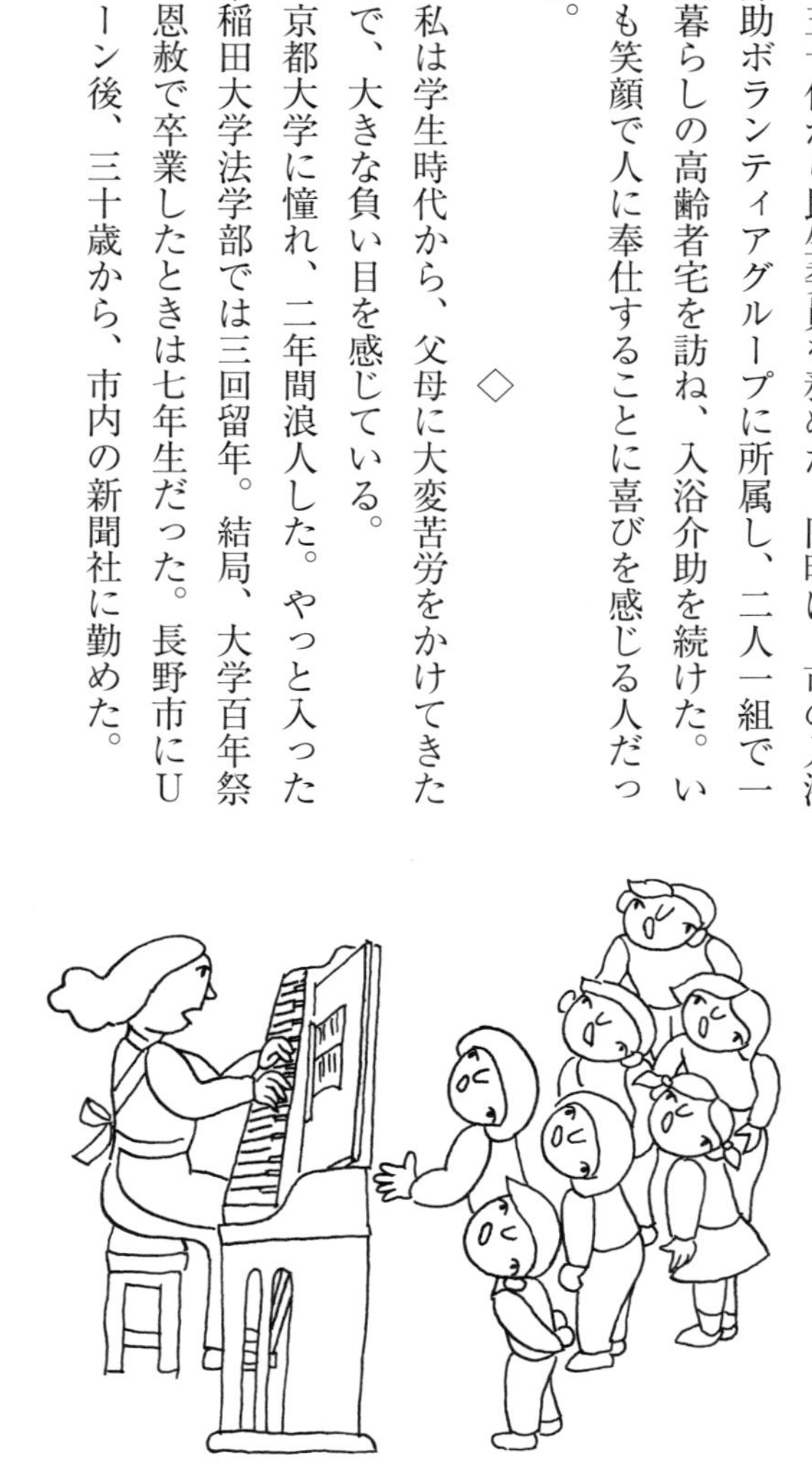

イングリッド・バーグマン

母は、長男の宗夫、長女の奈津子、末っ子の仁に等しく愛情を注いだ。いつも明るく元気で笑顔を絶やさない、本当に優しい女性だった。

兄二人、姉二人、弟一人の六人きょうだいの末娘として、「みんなにかわいがられて育った」と、ことあるごとに感謝していた。だから、誰とでも分け隔てなく付き合えた。

小学校、中学校時代はスキーの選手で、六十代のとき、八方尾根を斜滑降で滑り降りたことを、いつも自慢していた。映画『カサブランカ』の主演女優イングリッド・バーグマンに似ており、私はそんな母をちょっぴり自慢に思っていた。

ウォーキング

体力的な理由から、母は高齢者の入浴介助を六十代でやめた。その後は、社交ダンスやカラオケなどの仲間と楽しんでいた。

七十代後半から、健康づくりとリフレッシュを兼ねて、幼なじみのシーちゃんと、善光寺までのウォーキングを始めた。

二人は市役所正面玄関前で待ち合わせ、トイーゴ広場から中央通りを上り、権堂アーケードや大門の野菜直売所、飲食店、土産店などをひやかしながら善光寺境内を散策した。仁王門脇の食堂でラーメンやうどん、氷水などを食べたり、大勧進の池で亀や鯉を眺めたり、本堂前でおみくじを引いたりするので、往復一時間半くらいの道中を、たっぷり三時間くらいかけてそぞろ歩く。

私が会社から帰ると、いつも母は、その日あった出来事を話してくれた。

「大門町の野菜直売所でフキノトウを売っていたから、きょうはふき味噌を作ったよ」

「武井工芸店にはいろいろな手作り品があって、店内を見てると楽しいんだよ」

「あんたが学生のころ、夏休みにアルバイトした善光寺仲見世のK商店は、旦那さんが亡くなってから店を売っちゃったんだって。店名が替わっていたよ」

「仁王門脇の食堂は、私が学生時代からあるんだよ。きょうは、そこで二人でラーメンを食べてきた」云々。

骨折

二〇〇七（平成十九）年九月三十日、母は八十歳になった。相変わらずシーちゃんとのウォーキングは続いていた。そんなある日、母が右手に厚ぼったい包帯を巻いていることに気付いた。

「お母さん、その手どうしたの？」

「市役所裏の踏切で自転車に乗った女の人にぶつけられて転んじゃったの。その人ひどいんだよ、そのまま逃げちゃったの」

母は憤慨しながら答えた。行きつけの水沢クリニックに行ったら、人差し指を骨折している、と言われたらしい。数週間ほどで包帯も取れ、その後も母はシーちゃんと毎日ウォーキングを続けた。

「あんた、おかしいよ」

二〇〇八（平成二十）年九月三十日、母は八十一歳になった。ある日、私が帰ると、待っていたように母はこう訴えた。

「きょうね、シーちゃんたら失礼なんだよ。私の頭がおかしいって、ぼけてるって言うの」

温厚な母が怒ることは珍しい。

「何か、おかしなことをしたの？」

「ううん、私が普通に話してたら突然、〝あんた、おかしい〟って言いだしたの」

「なぜ、そう言われたの？」

「わからない。二人で世間話をしていたら、急に言い始めたんだ。あんた、頭がおかしいから医者に診てもらいなって」

母は興奮して何度も同じことを繰り返した。

変だな、とは思ったが、その時は、仲良しでも、けんかするんだな、くらいにしか思わず、さして気にも留めなかった。

しかし、それ以後、母はシーちゃんとウォーキングをしなくなった。

私が帰ると、母は縁側に座って、ボーっと庭を眺めていることが多くなった。カレーやシチューを焦がすようになったのも、このころからだった。

母の奇行は、さらに続いた。

「宗夫、悪いけど、お金を貸してくれない？」

「どうしたの？」

「銀行から下ろしたはずなのに、ないの。落としちゃったみたいなんだよ」

母は困った顔をした。

「いくら？」

「……一〇万円」

「えー、それは大金だ！　どこで落としたの？」

「それが分かれば苦労はないよ。このバッグに入れたはずなんだけど、銀行から帰ったらないんだよ」

母は情けなさそうにつぶやいた。

その後も、何度も金をなくすことが続いた。

妹の奈津子に相談すると、

「それって認知症じゃないかな。最近お母さん、物忘れが多いよ。よくボーっとしてるし…。水沢先生に診てもらったら」

初期のアルツハイマー

母が八十一歳の誕生日を迎えた七カ月後の、二〇〇九（平成二十一）年四月、私は午前中、会社を休んで、母を水沢クリニックへ連れて行くことにした。水沢先生は四十代前半。私の十数年来の飲み仲間だ。

母を車に乗せようとしたら、かなり足腰が弱っていることに気付いた。縁側から出て、庭に停めてある車に乗り込むことさえ大変そうだった。クリニックに着いてからも、駐車場から診察室へ向かう足取りが心もとなかったので、私は母と対面して両手を引き、

「一、二、一、二」

と掛け声とともに誘導した。自動ドアを通り、入り口のソファに母を座らせ、靴を脱がせてスリッパをはかせ、待合室へ。

母を長椅子に座らせ、受付を済ませて大型テレビの前に並んで座って順番を待っていると、母は不安そうに私を見つめ、小さな声で聞いた。

「私、熱や痛いところはないし、食欲もあるよ。どこが悪いの？」

「最近、物忘れが多いから、先生に診てもらうんだよ。心配しなくてもいいからね」

私は子供をあやすようになだめた。

「……やだー！」

突然母が大声で叫んだ。待合室にいた人たちが、一斉に私たちを振り返った。

「私はどこも悪くないよ！　帰る！」

母は私の腕を振り払って立ち上がった。

騒ぎに気付いた看護師長が検査室のカーテンを開けて飛び出してきた。

「常盤さん、大きな声を出して、どうしたの？」

母の目線までかがんで両手を握り、ニコニコ笑いかけた。

「私はどこも悪いところがないのに、息子がここへ連れてきたんだよ。もう帰る」

ぐずる母に、師長はやんわりと言った。

「水沢先生は優しいから心配ないよ。さあ、行こう」

師長の言葉におとなしくなった母は、手を引かれて検査室へ入っていった。血圧測定や血液検査、脳のＣＴ検査などをしたようだ。

検査後、順番が来て診察室に呼ばれた。母の隣に座った私に、水沢先生は最近の母の様子を質問した。

私は、一年前に母が自転車事故で転倒し、右手の人差し指を骨折したこと。鍋を火にかけたまま忘れてしまい、よく焦がすようになったこと。頻繁に金品をなくすようになったこと。最近ウォーキングをしなくなったこと。帰るといつも縁側でボーっとしていることなどを話した。母は黙って聞いていた。

「あー、骨折すると心身が弱るんだよね」

そういうと、先生は看護師を呼び、検査と称して母を隣の部屋に連れて行かせ、私に小声で話し始めた。

「常盤さん、お母さんは初期のアルツハイマーだね。認知症だよ」

「えっ？」

私は言葉を失った。新聞やテレビなどで聞いた病名だったが、まさか自分の母がそんな病気になるなんて。

　先生は母の脳を輪切りにしたパソコンの画面を示した。

「脳の断面にスカスカしている隙間があるでしょう。これがアルツハイマーの状態なんだよ」

「……これから、おふくろは、どうなっちゃうんでしょうか?」

　私は、かすれがちな声を絞り出した。

「一年もたたないうちに、常盤さんの顔も名前もわからなくなってしまうこともあるよ。その時になって驚かないようにね」

　先生は沈痛な表情で宣告した。

　ショックで言葉を失っている私に、先生はさらに続けた。

「でもね、病気の進行を止める新薬ができたから、それを処方しておくよ。それも万人に効くというわけじゃないから、しばらく様子を見ましょう」

通院は大仕事

　それから、母と私は月に一度、薬をもらいに水沢クリニックへ通った。認知症と糖尿病の問診と、血液検査、CT検査などをした。通うたびに、母の足腰が弱っていくのを感じた。通院は、午前中会社を休んでの一大仕事だった。

まず、朝食後、母のトイレを済ませ、居間の椅子に座らせて、新しい下着とこぎれいな外出着に着替えさせる。縁側に腰掛けさせて靴をはかせる。

「さあ立つよ」

と言って両手を取り、あらかじめドアを開けておいた車の助手席に誘導する。クリニックの駐車場に着くと、母の両手を引いて自動ドアを通り、入り口の長椅子に座らせて靴を脱がせ、スリッパをはかせる。再び母の両手を引いて待合室の長椅子に座らせてから、受付を済ませ、二人並んで座り、順番を待つ。診察が終わってから、母の昼食を買って家に帰る。母の好きな「いむらや」の焼きそばや、「かっぱ寿司」、牛丼などが多かった。

失禁

二〇〇九（平成二十一）年九月三十日、母は八十二歳になった。このころから、おねしょや失禁をすることが増えてきた。

奈津子の指示でホームセンターの「綿半」へ行き、長座布団くらいの大きさの防水シートを七枚買ってきた。就寝前に敷布団の上にシートを敷けば、布団を汚して畳まで染み透ることを防げる。おねしょで汚れたら洗って干し、新しいシートを使う、というローテーションを組むことができた。

その後、起きているときに、うんちをしてしまうことも増えてきた。

臭うから、すぐわかる。

「あ、おかあさん、うんちしちゃったね。お風呂場で洗おう」

すると、母は恥じらいからか、キッと私をにらみつけ、

「うんちなんかしてない！」

と怒る。

嫌がる母を抱えるようにして風呂場に連れて行き、ズボンとパンツを下ろすと、うんちで汚れている。

「ほらー、してるよ」

「アレー、ほんとだ」

恥ずかしそうに照れ笑いしながら、私の顔をのぞき込んで

「ごめんね」

そんな母に苦笑するしかない。

しかし、いつも素直に従うわけではない。深夜に、いつまでも意地を張って従わないときもある。母が動いた後に、うんちがコロコロと落ちている。

「ほら、うんちしてるじゃないか！」

それでも、母は

「してない！」

と頑強に言い張る。

うんちを踏んでしまった私は、冷静さを失い、母の尻を叩いてしまった。

母は大声を出して私に抵抗した。

「いてー、やめろ！」

深夜だから近所のこともあり、母の口をふさぐ。こんな時、

「いつ自分が介護殺人を犯してもおかしくないな」

と思う。

私は孤独にならないように、いつも妹に母の介護のありのままを聞いてもらうことにしていた。

紙おむつ

うんちをした時は、下洗いしてからパンツとズボンを洗濯機で洗う。これがまた厄介だ。

奈津子から大人用の紙おむつを教えてもらった。

小太り気味の母に合わせてLがいいだろうということで、二〇枚入り一八〇〇円のものを買った。

頃合いを見て、

「お母さん、そろそろ、うんちしたくない？」と聞くと、

「したくない！」

羞恥心からだろう。下の話をすると、いつも母は不機嫌そうに、ぶっきらぼうになる。

しかし、それから間もなく、臭いが漂ってくるのだ。腹立たしくなるが、認知症という病気によるものだから仕方ない。

紙おむつにしてから楽になった。汚れたおむつを

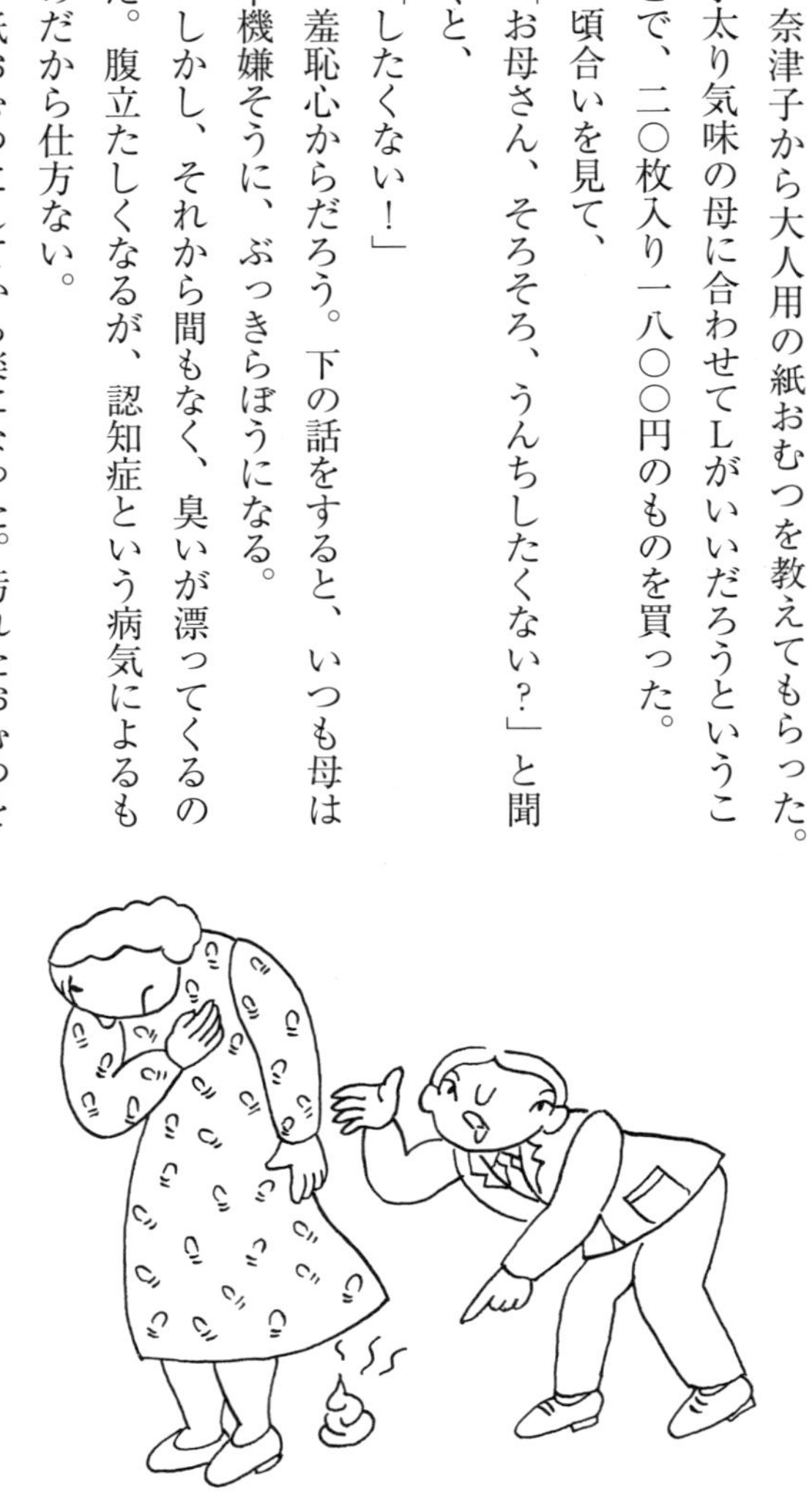

ごみ袋に捨て、風呂で下半身を洗えば済むからだ。衣服を下洗いしてから洗濯しなくて済む分、とても楽で精神的にも救われた。

それでも、うんちをしてしまった母を壁に寄りかからせて立たせ、紙おむつを取り替えている間に、また「ブリブリ」とそそうしてしまった時は、

「なんで、我慢できないの？」

と怒ってしまった。

それでも、

「あらー！」

と声を上げ、すまなそうな顔をしてしょげ返る母を見ていると、

「怒ってごめんね」

と謝ってしまうのだ。

幻覚

二〇一三（平成二十五）年九月上旬の夜だった。

二階で私が寝ていると、下で物音がした。下りて行くと、奥の座敷で寝ていたはずの母が

居間の明かりをつけて立っていた。

「どうしたの？」

「あんた、庭でみんな待ってるから、一緒に行こう」

時計を見たら午後一一時だ。

「こんな真夜中に誰もいるはずがないよ」

「いるんだよ。ほら」

と言うと、母は居間を出て、廊下のガラス戸のカーテンを開け、庭のほうを指差した。

母と並んで家の明かり越しに庭をのぞいたが、人の気配はなかった。

「誰が待っているの？」

「ほら、そこにいるじゃないの。じいちゃんや、ばあちゃんや、みっちゃんたちが！　あんた、見えないの？」

母は庭の一角を指差しながら、いらだたしげに力を込めて言った。

母の父母の常次じいちゃんや、としばあちゃんは、すでに亡くなって久しい。みっちゃんは母の四つ上の姉だ。一年ほど前に亡くなっている。

「さあ、行くよ」

そう言って、母はガラス戸をあけようとする。私は母の両肩を押さえて言った。

「じいちゃんも、ばあちゃんも、みっちゃんも、みんな死んじゃったんだよ。庭には誰もいないよ！」

「……いいよ。私は行くから」

と言って出て行こうとする母を私は抱きかかえて止めた。

深夜に出かけようとする母の奇行は、その後も一週間に一度くらいの割合で三回ほど続いた。内容はいつも同じ。庭で待っているじいちゃんたちと出かけよう、というものだ。もし、そのまま行かせてしまうと、母は死者に黄泉の国へ連れて行かれてしまうのではないかと思い、そのたびに私は母を制した。

母の奇行は九月いっぱいで治まった。

徘徊

二〇一三年九月三十日、母は八十六歳になった。十月のある朝、八時半ころ、私は
「行ってくるよ」

と、居間にいるはずの母に声を掛けたが、返事がない。

「あれ？」

部屋をのぞくと母がいない。居間の障子と縁側の引き戸が開いていた。庭にいるのかなと思って廊下から
「お母さん」

呼びかけたが人の気配はなかった。

「徘徊だ！」

直感した私は、家の周囲を三周ほど全速力で駆け回った。しかし母の姿は見つからなかった。

長野中央署に電話すると、管轄内で高齢者が保護されたという通報はないという。消防局に電話したが届け出はなかった。

「母が徘徊したらしい。探しているから午前中休みます」

と会社に電話した。

「そうか、君も大変だな」

当時の横内房寿編集長が同情してくれた。

かれこれ一時間が過ぎて九時半ごろ、電話が鳴った。長野赤十字病院からだった。

「玉枝さんを保護しているから引き取りに来てください」

駆けつけると、母は緊急外来のベッドにいた。不安そうな顔をしていたが、私の顔を見ると、安心したようにニコニコして手を振った。

「どうしたの？」

息を切らして聞くが、母は要領を得ない。

看護師の話により、今朝からの母の行動が分かってきた。

八時ごろ、市役所南側の家を出た母は、三〇〇メートルほど離れた東通りのコンビニの駐車場入り口で転倒。起き上がれずにいるところを、通りがかった人が救急車を呼んでくれた。そのまま日赤へ搬送。持っていたバッグの中にあった会葬御礼のはがきから、母の名前が分かった。差出人に電話して、うちの電話番号を聞いたのだそうだ。バッグの中には、ほかにカーディガンが入っていただけだった。幸い、母はどこもけがはしていなかった。

「ありがとうね」

ベッドから上半身を起こした母は私を見つめ、安心したように穏やかな笑顔で言った。

「一人で家を出ちゃだめだよ。どこへ行こうとしたの？」

「みっちゃんが亡くなったから、大豆島の実家へ行こうと思ったの」

前述したが、みっちゃんとは母の四歳上の姉・光枝おばちゃんのことだ。一年前に亡くなっていた。お通夜の席に母も連れて行ったことを思い出した。母は姉の亡骸を見つめ、手を合わせて「かわいそうだな」とつぶやいた。はがきは、みっちゃんの葬儀後の礼状だった。

「危ないから、絶対に一人で家を出ちゃだめだよ。転んで骨折したり、車にぶつかって死んじゃうんだよ」

私が繰り返すと、母はばつが悪そうに
「うん。ごめんね」

と、うなだれた。

しかし、その後も母の徘徊は続いた。

十一月の土曜日の朝八時ごろいなくなったので、家の周りを探したら、家から市役所方面へ三〇メートル北へ向かって左折したところで倒れていた。聞けば、どこも痛くないという。おぶって家まで帰った。

ある日の午前中、会社で原稿を書いていると、電話が鳴った。
「常盤さん、中央署から電話です」
社内がざわめいた。「もしや」と嫌な予感がした。
「常盤宗夫さんですか?」

「はい、そうです」

「玉枝さんが署に保護されています。引き取りに来ていただきたいんですが」

「わかりました。すぐ行きます。母にけがはありませんか」

「大丈夫です。元気ですよ」

横内編集長に事情を話し、中央署へ引き取りに行く許可を得ると、

「この間は日赤で、今度は中央署か。君も大変だなあ」

と同情してくれた。

署に着くと、ロビー中央に、女性職員と婦警に付き添われて車いすに乗った母がいた。

「どうもお手数かけました。母はどこで保護されたんですか」

「平林街道です。ヤクルトのお姉さんが通報してくれました。薄着で、とても寒そうだったんで声を掛けたそうです」

「そうですか。お礼を言いたいんですが、その方の連絡先は分かりますか」

「言わずに立ち去られました。ところで、お母さんは自分の名前を〝西沢玉枝〟と話しているんですが」

「あ、それは旧姓です。今は常盤玉枝です」

その日の夕方、取材先で携帯が鳴った。

「はい、常盤です」

「長野中央署ですが」

「…もしかして、母がまたお世話になっているんですか」

「そうなんです」

「分かりました。すぐに行きます」

署に着くと、やはりロビーの中央に車いすに乗った母がいた。署のメンバーは午前中と同じだ。

「すみません。今度はどこにいたんですか」

午前中にもお世話になった婦警に聞いた。

「近くのコンビニの駐車場に座り込んでいたようです。通報があって保護しました」

「そうですか。ありがとうございました。何度もすみません。母は〝常盤〟と言いましたか」

「いや、〝西沢玉枝〟と言ってますね。中央署では、西沢でも常盤でも、玉枝さんの保護者は宗夫さんということで自動的に連絡するように登録されているから大丈夫ですよ」

「そうですか、母と僕は、徘徊常習者として、登録されているんですね」

「昼間、おかあさんを見てくれる人はいないんですか」

「二人暮らしなもので。僕が会社へ出ると、母は独りになってしまうんです」

「今後の事を考えると、施設へ入所するとか考えないとねぇ。取り返しのつかない事故になってからでは遅いですよ」

「お母さん、ごめんね」

翌朝の出社前、母は居間のこたつにあたっていた。

「お母さん、足にひもを付けて、外に出られないようにするけど、僕が帰るまで我慢してね」

母の足首にビニールのひもをしばりつけ、もう片方をトイレの横の洗面所の床に出ているドアガードにくくりつけた。こうしておけば、母はトイレや台所へ行くことはできても外へ出ることはできない。付近にあったはさみや刃物は、手の届かないところへ隠した。

「畜生！　よくもこんなことをしてくれたなー」

母は呪うような言葉を発して抵抗した。

「お母さん、こうしなければ一人で外へ出ちゃうから、仕方ないんだよ。外へ出て車にはねられれば死んじゃうんだからね。ほら、お母さんの好きなものを並べておくから、何でも食べて」

朝ごはんのほかに、皮をむいたリンゴやミカン、ヨーグルト、ゼリー、チョコレートなどをそろえた。

しかし、出社しても母のことが気になって落ち着かない。早まって、縛られたひもで自分の首を絞めはしないか、などと心配してしまう。昼に横内編集長に断って母の様子を見に行った。

そっと居間のドアを開けると、母はこたつの中でよく眠っていた。ご飯とおかずを完食。あとはミカンを二つ食べた跡があった。

（心配することはないな。施設へ入るまでは、この方法で行こう）

私は安心して会社に戻り、夕方家に帰った。

すると、昼には安らかに眠っていた母が家の中で、外にも聞こえるくらいの大声を出して騒いでいた。家に入ると、母は居間で泣きわめいていた。

「どうしたの?」

　駆け寄ると、

「いてー、いてーわ!」

　と泣き叫ぶ。

　こたつの掛け布団をめくると、縛られた足首のひもをほどこうと、力任せに暴れたらしく、皮がむけて、うっすらと血がにじんでいた。

「あー、お母さん、ごめんね。痛かったね」

「うん」

　私に縛られたことは忘れてしまったのだろうか。母は私に恨みめいたことも言わず素直にうなずいた。

　思わず母を抱きしめた。ひもをほどき、母の足の血をぬれたタオルでふき取ってから、赤チンを付けた。

「もう、こんなことしないから、お母さんも一人で外へ出ないって約束してね」

　泣きながら頼んだ。

「うん」

　母も泣きながらうなずいた。

翌日、私が帰ると、母が外に出ていてヒヤリとした。しかし、母は縁側に一人腰かけてボーっとしていた。以後、徘徊はぷっつりとなくなった。

老人ホーム

市役所の介護保険課を訪ね、母を施設へ入所させる手順を聞いた。

まず、高齢者の福祉や保健、医療などに関する総合相談窓口として各市町村に「地域包括支援センター」がある。社会福祉士、保健師、ケアマネジャーなどの専門職が連携し、関係機関と協力しながら相談に乗ってくれるそうだ。そこの説明によると、介護施設の介護サービスを利用するための手順は次のとおり。

①申請　本人か家族が市町村の介護保険担当窓口で申請。その時に必要な書類は「要介護・要支援認定申請書」（担当窓口にある）、「加入している医療保険の被保険者証」、「介護保険被保険者証」（六十五歳から交付される）

②調査　調査員が自宅を訪問し、本人の心身の状態を調査する。

③審査　訪問調査の結果と主治医の意見書などをもとに介護認定審査会が介護度を判定。

④認定　原則として、申請から三十日以内に市町村から認定結果通知書と介護保険証が届く。

今後の相談

十一月に入り、これまで母を診てもらったお礼と今後の相談を兼ねて、水沢先生に、どこかおいしい店をご案内したいと申し出た。先生は市内のフランス料理店「パリス」を指定してきた。数カ月先まで予約が取れないことで有名な店だ。

パリスのコース料理は、いずれも三五〇〇円で、肉か魚料理の中から選ぶ。アラカルトは五、六〇〇〇円くらいからある。ワインは三〇〇〇円からだ。

先生は看護師長と二人で現れた。馴れた調子で先生が魚を、師長が肉のコース料理を選び、赤と白のワインを一本ずつ頼んだ。

私は、徘徊するようになった母の、これまでの一連の行状を先生に報告した。

「……というわけで、先生、このままでは大きな事故になりかねません。どこか母を入居させてくれる施設を紹介してくれませんか。足が弱くなった母のリハビリと認知症の介護ができて、しかも安価な施設が希望です」

「あるよ。担当医として、おれが月二回、定期的に回ってる老人ホームが徳間にあるから、空き状況を聴いてみるよ」

先生は、介護保険サービスを利用する手順を次のように説明した。

「まず、主治医の意見書を書くね。それを持って市の介護保険窓口で申請すると、お母さんの要介護度をチェックする調査員が自宅を訪問する。その後、三十日以内に介護認定審査会から認定通知書と介護保険証が届く。そこで要介護1から5の、いずれかに認定されるんだ。利用者は費用の一、二割を負担し、八割から九割が介護保険から給付されるというわけだ」

その後、先生と看護師長は、ワインをもう一本追加してから、アラカルトで生ガキやフルーツなどを選んだ。

すっかりご機嫌な二人に、私は礼を言って別れた。

一週間ほどして、水沢先生から連絡があった。

施設の名称は徳間の「憩いの家」。入居者は一階に一〇人、二階に二〇人の計三〇人。月の料金は約一七万円。入居時に二カ月分の約四〇万円が必要だ、と言った。

母の遺族年金が月一五万五〇〇〇円。奈津子と仁から月に一万円ずつ助けてもらうことになった。足りない分を私が出せば何とかなると思った。

訪問調査

年が明けて、母の要介護度を実地に訪問調査する女性調査員が家にやって来た。

これから何をされるのかと母は緊張し、朝から不機嫌だった。

調査員が示した質問事項は一〇〇問近くあった。

（こんなに多くの質問に母は耐えられるのだろうか）

と私は不安になった。

調査員が母の身体能力を測るために、立たせたり、歩かせたりするところまでは、まだしぶしぶと従っていた。

ところが、「きょうが西暦何年の何月何日か」「何曜日か」「自分の齢は幾つか」「昨日の夕食は何だったか」といった質問に、母は答えられず、いじけた。答えられたのは「昭和二年九月三十日」という生年月日だけだった。

質問に対し、最初は、はにかむように照れ笑いしながら、「分からない」と言って首をかしげていた母だったが、そのうちに分からないことばかり聞く調査員に腹が立ってきたようだ。みるみる形相が険しくなり、とうとう「うるせー！」と怒鳴りだした。

決められた質問はまだ半分以上残っていた。私と調査員は何とか母をなだめすかし、一時間後、やっとすべての質問を終えた。

この調査結果を踏まえ、調査審査会を経て、約一カ月で母の要介護度が判定されるそうだ。

二〇一四（平成二十六）年三月、母は要介護度4と判定された。これまでの経過を奈津子と仁に報告した。

水沢先生に一連の経過を報告すると、先生は
「エー！」

と叫び、

「要介護度4の親を一人で看てきたなんて、常盤さん、大変だったんだね」

と、ねぎらってくれた。

それから、母の老人ホーム入居がとんとん拍子に決まった。

施設入居に際し、母の了解も取った。

「二人だけだと、僕が会社へ行った時、お母さんが外に出て骨折や交通事故の危険がある。馴れない僕では、うんちやおしっこの世話も大変だ。一週間に一回、奈津子が入浴させてくれるけれど、お母さんの足腰が弱くなってから、女一人の力では入浴介助も難しくなった。施設へ行くのが、みんなにとって幸せなことなんだからね」

機嫌のいい時、母はうん、うんと聞いているが、途中から必ず不機嫌になった。鬼のよう

な形相になって黙り込んでしまうのだ。しかし、母なりに状況を理解しているようで、強硬な抵抗はなかった。

「憩いの家」へ

二〇一四（平成二十六）年五月三日、きょうは徳間の「憩いの家」に入る日だ。母は八十六歳八カ月になっていた。

母は朝から不機嫌だった。施設に入ることは覚悟したものの、漠然とした不安で気分は良くなかったに違いない。認知症になってから、あまりしゃべらなくなった母だが、これから自分は老人ホームへ入るのだ、ということは分かっているように思えた。

奈津子と仁が、それぞれの車で私の家に集まった。母のトイレを済ませてから、奈津子が新調したばかりの下着や、よそ行きの服に着替えさせた。

四人で私の車に乗り、若穂の東光寺で父の墓参りをしてから、施設へ行くことにした。

車を降りてから、父の墓までは約三〇メートル。未舗装で、石がごろごろしている坂道だ。

母の手を引いて行くことも考えたが、

「お父さんのお墓まで行く？」

と聞くと、母はそっぽを向いたまま怒った口調で
「行かね！」

とぶっきらぼうに答えた。母を車に残し、三人で墓参した。

　車に戻り、

「お父さんにお参りしてきたからね」

と言うと、母は不機嫌そうな顔をしてプイッと横を向いた。

　施設に入るだけでも朝から気分が悪いのに、父の墓参りすらできない自分にも腹を立てているのだろう。母の気持ちは痛いほど分かった。

　東光寺から「憩いの家」へ行く途中、立派な八重桜が咲いていた。

「みんなで桜の前で記念写真を撮ろうよ」

　仁が提案した。

「よし、お母さん、降りて写真を撮ろう」

　私が母側のドアを開けたが、

「いい！」

　母はそっぽを向いて降りようとしなかった。

「……おかあさん、環境が変わることを察知して、緊張しているんだね。心配ないよ。みん

なで会いに行くからね」

奈津子が母の手を握って話しかけたが、母の機嫌は直らなかった。

「もう、怖いものはないね」

「憩いの家」に着いた。駐車場に車を停めたとたんに、助手席の母が嘔吐し始めた。一張羅の服が吐しゃ物にまみれた。嘔吐しながら力んだ時に、うんちまでしてしまった。

私と弟は、母の具合が悪くなったのかと、その場で固まってしまった。

「あーぁ、せっかくきれいな服を着てきたのに、台無しだね。でも、しょっぱなにこれだけのことをしちゃえば、もう怖いものはないね」

奈津子がそう言って大笑いした。

(女は度胸が据わっているな)

と感心した。

迎えに出ていた女性職員が二人駆けつけた。

「すみません、吐いちゃって。うんちもしちゃったみたいなんです」

私が説明すると、意外なことに職員たちは嫌な顔一つしないで、

「あー、常盤さん、大丈夫ですよ」

笑顔で、ごく自然に母の世話をし始めた。プロはすごいなと感心した。

「お母さん、環境が変わることに緊張しちゃったんですね。入所時には、誰でもよくあることなんですよ」

そう言いながら、職員は上着とズボンの吐しゃ物をタオルでぬぐい、母を車いすに乗せて二階の部屋へ連れて行った。ベッドに寝かせ、手際よく紙おむつを脱がし、お尻をふき取ってスプレーで消毒し、新しい紙おむつと服に着替えさせた。

母も緊張がほぐれたのか、表情が柔らかくなった。部屋で四人で話していると、職員が
「おやつの時間ですから食堂へどうぞ」

と、迎えに来た。

一つのテーブルの一角に車いすの母を囲んで四人で座った。

すると、入居者と思われる太ったおばあさんが車いすで我々のテーブルに近寄ってきた。

おばあさんは、飯綱町出身のAさんと名乗り、折り紙を何枚も使って作った見事な人形を母の前に置いて言った。

「あたしは新しい人が来ると、いつも自分の手作り人形をプレゼントするんだよ。受け取って」

母に手渡した。かわいい女の子の人形だ。

「わぁ！」

母は微笑み、うれしそうに受け取った。

私が
「お母さん、良かったね。ありがとうは？」

そう促すと、母はAさんににっこりと笑い掛け
「ありがとう」

と言った。

そろそろ帰る時間が近づいた。

「じゃあ、お母さん、また来るからね」

初日だから、戸惑う母の抵抗を覚悟していたが、母はすんなり状況を受け入れたようだ。

覚悟していたように黙ってベッドで手を振った。きょう一日、朝から力んでいたから、疲れもあったのだろう。

奈津子と仁とも別れ、家路に着いた。

家の居間の母の席は椅子がぽつんと残っていた。

「お母さん」

返事はない。もうこれから、この部屋で母と暮らすことはないに違いない、と思うと、さめざめと涙があふれてきた。

「あんた、ぼけちゃってるのかい？」

土曜日の午後二時ころ「憩いの家」へ行った。母の部屋へ行く途中、食堂を通ると、母は、人形をプレゼントしてくれた飯綱町のAさんという元気なおばあさんと、夢中になって話をしていた。

（お母さん、新しい環境で仲間と打ち解けて、こんなに明るく楽しそうに会話できるんだ）

活発におしゃべりする母を久しぶりに見て、うれしくなった。私も母の隣に座り、仲間に入った。

二人は牟礼のことを話していた。Aさんの話を聞きながら、母は
「やだぁ、なつかしいね」

などと、相づちを打っていた。

父が三水の中学校に勤務したため、私たち親子は、私が四歳まで牟礼の教員住宅に住んでいた。

Aさんが、

「あんた、牟礼のどこにいたの？」

と聞いた。すると母は
「ええとね…、ええとね…」

と、つぶやいたまま言葉を失った。見かねて私が助け舟を出した。

「牟礼駅の近くだよね。あのころはまだ国道一八号線ができてなかったんだ。鳥居川の北側の斜面にわらぶき屋根の教員住宅があったんだよね」

「そうそう。私そこにいたんだよ」

母は、Aさんに向き直って言った。しかし、その後、Aさんから「家の地籍は？」「近所の人の名前は？」「いつごろいたんだね？」などと、矢継ぎ早に質問が飛んだ。母は笑い顔と泣き顔を混ぜ合わせたような顔をして、押し黙ってしまった。

「なんだい、あんた、ぼけちゃってるんかい」

Aさんから容赦のない言葉が飛んだ。

「何言ってんだい！　私はぼけてなんかいないよ！　バカ！」

母はAさんに食って掛かった。

「さびしかったよ」

「憩いの家」は、四十代の鳥居さんという男性コーディネーターが現場のリーダーだ。ほかに看護師が三人、介護士が二〇人くらいいる。

七時半朝食、一〇時に体操とレクリエーション、おやつ、一二時に昼食、一五時に体操、レクリエーション、おやつ、一八時に夕食、二一時消灯となる。夜間も二二時から二時間おきに宿直が各部屋を回り、異常がないかチェックする。

入所して間もないころ、母は夜間に大声を出したり、他人の部屋で見つかったことが何度かあったそうだ。

母は老人ホームに入所したことは理解しているようだった。しかし、入所したくて入ったわけではないから不満だったようだ。最初の二カ月くらいは、気に入らないことがあると、職員の手をつねったり、大声を出すことが多かったという。でも、持ち前の明るさと人懐こさから、職員に手を振ったり笑顔で声を掛けるので、「玉ちゃん」と呼ばれてかわいがられるようになっていった。

私は毎週末、「憩いの家」に顔を出した。

五月半ばごろ行くと、玄関から入ったスペースで寸劇イベントをやっていた。三〇人くら

いの入所者が車いすで周りを取り囲み、楽しんでいた。母はどこかと探すと、奥にいた。私を見つけると破顔一笑。私に向かって
「おーい！」

と叫び、うれしそうに両手を振った。

その表情があまりにも無邪気でかわいかったので、私は思わずデジカメのシャッターを切って四枚ほど写真を撮った。横に座ると、

「あんた、さびしかったよ。よく来たね」

母はあふれる喜びを言葉に表した。こんなによく話す母を見るのは最近では久しい。

「施設に入って生き生きとしてよかった」

しみじみそう思った。

次の週末、お昼に行くと、母はトシエさんという品のよい八十代後半の女性と車いすを並べて食事をしていた。ホーム側が入居者の相性を見ながら食事の席を決めたようだ。

母がトシエさんに何か語りかけても、認知症の進んでいるトシエさんはヘラヘラと笑っているだけだ。物足りないのか、母はトシエさんをつっつくなど、ちょっかいを出していることが多かった。母は仲良くなろうとしているように見えた。それがうまくいかないと、かんしゃくを起こしてしまい、手を出すこともあるようだった。

午後二時半過ぎに行くと、入居者のゲームに参加できたり、母におやつを介助することができた。

母は他の入居者たちと、おやつ前のボール遊びに興じていることが多かった。ビリヤード台の周りに入居者たちが車いすで囲み、自分のところへ来たボールを別の人に手で打ち返す遊びだ。七、八人の中で、母が一番機敏で力強くボールを打ち返していた。トシエさんはボールが来ても動作が遅く、見逃してしまう。それを見て母は、わざとトシエさんに打ち返すことが多いように見えた。昔から、母は意地悪な性格ではなかったから、トシエさんとコミュニケーションを取りたいと思っているように見えて、ほほ笑ましかった。

かさむ出費

ある日、会社にいると、携帯が鳴った。「憩いの家」からだ。母の身に何かあったのか、と心配になった。電話の主は女性職員だった。

内容は、これまでのパンツタイプの紙おむつのほか、テープタイプと局部に当てるパテ式のタイプの三種類をそろえてほしいということだった。

紙おむつは自腹だ。二十数枚入りで各一三〇〇円から二〇〇〇円する。単純計算すると、これまでの三倍くらいかかることになる。

それからも、毎週のように「憩いの家」から、紙おむつがが無くなりそうだから補充して、という電話があった。

「え、一週間ほど前に買ったばかりだと思うんですが、そんなに早く無くなるものなんですか?」

私は思わずそう聞いてしまった。

「必要に応じて使う物なので…」

施設の職員は事務的に説明する。

「……このペースだと、一週間に四五〇〇円から六〇〇〇〇円。おむつ代だけで月に二、三万円かかることになります。何とかならないんですかね」

私は不安と不満をあらわにした。

「憩いの家」の入居費は月一九万円。水沢先生から聞いていた話より二万円高かった。おむつ代など諸々で三万円となると、月に二二万円かかる。

私の手取り収入は、会社からの給料、母の遺族年金、きょうだいからの支援などで、合計五七万五〇〇〇円ある。支出は、母の介護の支払いや光熱費、保険料、電話代、食費などで合計三五万円となる。

月に二〇万円余りプラスだ。

「まあ、なんとかなるだろう」

自分を鼓舞するように大きな声で叫んだ。

「玉ちゃーん」「はーい」

私は毎週末、母を訪ねた。おむつが足りなくなりそうだという電話をもらった日は、マツモトキヨシで購入し、その日の午後か夕方に届けた。
このころから、私は母と会うときに、笑顔で
「玉ちゃーん！」
と呼びかけるようにした。すると、母は目を見開いて、ひょうきんな顔をして
「はーい」
と答えてくれるのだ。それで、私が
「僕にも同じように言って」
と自分を指差すと、母は
「宗ちゃーん！」

と呼ぶ。

「ハイヨー！　なんか用かいー？」

と私がおどけると、母は喜んで笑うのだ。毎週、部屋に入るたび、私はこのパターンで母とコミュニケーションを取った。

「一緒に帰ろうな」

母が入所してから一カ月ほどたった五月末、奈津子と仁と三人で母を見舞った。

私が母の部屋へ行くと、母はベッドで休んでいた。私の顔を見るとニコニコと笑顔で迎えてくれた。やがて、奈津子と仁が来た。

三人がそろったら、母は驚いたように言った。

「きょうは、どうしたの？」

「お母さんが心配だからみんなで集まったんだよ。ときどき来るからね」

と、奈津子が言った。

私がストローを刺してオレンジジュースを勧めると、母は片手で持っておいしそうに飲んだ。

母を囲んで三人でかわるがわる写真を撮った。

「周りの人たちはみんな優しい？　友達できた？」

私が聞くと、母は曇った表情で、あいまいに言葉を濁した。なんか後ろめたいことがあるような感じだ。

おやつの時間になったので、施設のスタッフが母を車いすに移してくれた。食堂に移動し、椅子を持ってきて母を中心に三人で囲んで腰かけた。

おやつのプリンを母はスプーンを使い、こぼしながらも自力で食べた。お茶もおいしそうに飲んだ。

その後、入居者全員で歌の本を見ながら歌った。『信濃の国』『母さんの歌』『お山の杉の子』などを母も大きな声で楽しそうに歌った。私も、奈津子と仁も、母と歌を歌うのは久しぶりだった。

年配職員の中沢さんが
「玉枝さんは歌が上手なんだよね」

と褒めると、母はうれしそうに笑って応えた。

午後四時を過ぎた。

「さあ、そろそろ帰ろうかな」

私が言うと、これまでずっと笑顔だった母の顔が曇った。

「みんな、どこへ行くの？」

「うちへ帰るんだよ。また来るからね」

奈津子が言うと、母はすがるような顔を私に向けて言った。

「……私も帰るんだよね。一緒に帰ろうな」

私たち三人は顔を見合わせて、息をのんだ。

「…お母さんの家は、今ここなんだよ。また会いに来るからね」

私が言葉を選びながら、語りかけた。残酷だとは思ったが、仕方のないことだ。

「……やだ！」

案の定、母は抵抗した。しかし、困った顔で取り巻く三人の顔色を見て、観念したように押し黙った。表情には憤りよりも悲しみがにじみ出ていた。

私は
「じゃあ行くね。また来るよ」

と言うのが精一杯だった。

母は顔をゆがめ、舌を出して赤んべーをした。三人から目をそむけて横を向いたまま、あきらめたように

「ああ、行け！」

と言い放った。

廊下の角まで来て三人が振り返ると、スタッフに付き添われた車いすの母が遠くからこちらを見ていた。手を振ったら、振り返してくれた。私は不覚にも涙を禁じ得なかった。

母の暴力

「お話があるのですが」

六月中旬の土曜日の午後、私が「憩いの家」を訪ねると、事務所にいた看護師の小山さんが私を呼び止めた。

「実は、玉枝さんなんですが、職員や看護師への暴力が目立つんです。息子さんからも注意していただけませんか」

小山さんは本当に困っているという顔をして言った。

「暴力というと…」

「つねるんです。機嫌が悪い時に、着替えやおむつの取り換えなどをしていると、あざができるほど力いっぱいスタッフの手や腕をつねるから、みんな怖がっているんです」

数日前、施設の人たちと仲良くやっているかと聞いた時、母が表情を曇らせたのはこのことか、と思った。

「それは、どうもすみません。よく言っときます」

部屋へ行くと、ベッドで寝ていた母は
「おう！」

と言って片手を上げ、ニコニコと笑顔で迎えてくれた。

母を訪ねるとき、私はいつも紙パックのミルク、抵抗力が付くと言われるヨーグルト「R－1」か「リスクと闘うヨーグルト」のほか、母の好きな「すや亀」のフキ味噌と善光寺西側の老舗和菓子店「喜世栄」のきんつばを持参するようにしていた。この中から母の食べたいものを選んでもらうのだ。

介護ベッドの上部をリモコンで持ち上げ、上体を起こした母に
「なんか食べる？」

「ううん」

と首を振る。

「のど乾いてない？　ミルクかジュース飲む？」

と聞いたら母はミルクを指差した。

ストローでミルクを飲む母に
「お母さん、職員や看護師さんをつねるらしいね。人の体をつねっちゃだめだよ」

と諭した。

ニコニコしていた母の顔色がさっと変わった。急に口をへの字に曲げ、きつい目で私をにらんだ。

「みんな、お母さんのために着替えや、おむつを取り替えてくれるんだよ。その人たちをつねっちゃだめだよね。つねられたら、みんな痛いんだよ」

すると母は、私の言ったことを考えているように、しばし小首を傾げて黙っていた。

「もうしないよね」

「あぁ、わかった！」

母はぶっきらぼうに言い放った。

どうやら、私の言うことは理解したが、何か言い分がありそうだった。

そこで、私は母の目の前に手を伸ばすと、母はさっと

手を伸ばし、爪を使って私の指をつねった。力が強いわけではないが、小さなころから、けんかの時つねることが得意だったに違いないと思わせるほど、かなりのダメージを与えるつねり方だった。どうやら母は、目の前に手があると条件反射で反応してしまうようだ。

「ほら、やった。人をつねっちゃだめなんだよ。お母さんは昔から優しかったでしょう。人が嫌がることはしないようにしようね。もうやめね」

と、かんで含むように言って聞かせた。

不機嫌そうな顔をしていた母は、私を見て

「仕方がないな」

というように力なく笑った。

「優しくなった」

七月中旬、私はおやつの時間に合わせて午後二時半ころ、「憩いの家」を訪れた。全員が食堂で「ふるさと」を歌っているところだった。この歌と「信濃の国」「母さん」は、母の最も好きな歌だ。母も皆と楽しそうに歌っていた。私も母の隣に座り、一緒に歌った。

歌の合間に、食事やおやつ担当の年配女性職員の中沢さんが私に言った。

「玉枝さん、最近優しくなったんだよ。つねったり大声を出さなくなったもの。ね、玉枝さん」

母は黙って聞いていた。今の母は長い会話はできない。話しかけたことにうなずくか、首を振る。言葉を発するのは「うん」「いやだ」「痛い」「おいしい」など短い言葉だけだ。

「昔こんなことがあったね」とか、「お母さんが作った餃子、おいしかったね」などと言うと、当時を懐かしむように遠い目をして、ほほえみながら
「うん」

と答える。

中沢さんの言葉を受けて私が母にこう言った。

「お母さん、この間、暴力はやめようと言ったことを分かってくれたんだね。優しいお母さんに戻ったんだね。みんな、優しいお母さんのことが好きだって」

母は照れくさそうにしながらも、まんざらでもないといった表情になる。

そんな私たちを見て、中沢さんは
「二人とも仲が良くてうらやましいよ。玉枝さん、いい息子さんで幸せだね」

母はその言葉にうれしそうな顔をした。

「ほら見て！　笑ってるよ！　分かるんだよね。玉枝さんはかわいいね」

中沢さんが食堂内にいた数人の職員にも同意を求める。

みんなが一斉に同調した。

「ほんとだ！　玉枝さん、入所したばかりのころは大声を出したり、私たちに暴力をふるったりして手を焼いたけど、最近は本当に表情が穏やかになったね。いつもニコニコして私たちに声を掛けてくれるんですよ」

「息子さんが毎週来て、話したり、笑ったり、おいしいものを食べるのを介助してやっているからだよ」

「愛情のある介護の結果だね。人間味あふれる本来の玉枝さんの性格が現れてきたんだよ」

「人間て不思議だねぇ。認知症も進行しないものね。いいことだらけだ」

職員たちは口々に言い合い、笑顔の輪が広がった。

歩行のリハビリ

八月に「憩いの家」の夏祭りが行われた。私も参加した。

豆絞りの鉢巻きをしてもらった母は、これから何が始まるのか、ちょっと戸惑ったような表情をしていた。

私は、三〇〇円で焼きそば、おでん、ジュースなどの食券を買い、母を車いすに乗せて施設内や庭に設営された屋台を巡った。母も久しぶりに買い物をしている気分になったようだ。おいしそうなものを見つけると、

「ほら！」

と指をさして
「あっちへ行って、これがほしい」

と私に指示した。

昼近くになると、職員の指示で食堂のいつもの席に母を囲んで座り、取り揃えた焼きそばやジュースなどをテーブルに並べ、お昼を食べた。母は箸を使うことはできなくなっており、フォークで焼きそばをほおばっていた。

その様子を見ながら、私はこう思った。

（お母さん、このままずっと車いすでいたら、歩けなくなっちゃうな。歩行のリハビリしている様子もないし……）

「憩いの家」には、歩行用のリハビリに関するインフラは手押し車と廊下の手すりくらいしかなかった。職員の人たちは朝から晩まで、食事、着替え、排便、おやつ、レクリエー

ションなど次から次と時間に追われ、個々の歩行訓練やリハビリまでは手が回らない。仕方がないから、私は部屋で母の両足を持って上下したり、足踏みをさせるなどしていた。

もう一つの不満は、特養と比べると、倍近く費用が掛かることだった。

特養へ

九月の午後、信毎販売センター元社長の岩本弘さんから電話があった。

「今、信州病院にいるから、広告の掲載紙を一〇部持ってきてくれないかなぁ」

早稲田の大先輩だから、断るわけにいかない。二つ返事で、すぐ持って行くことにした。

病院の受付へ行くと、二階のラウンジへ行くように言われた。岩本さんと信州病院の中田院長のお母さんがいた。お母さんは、八十代半ばで、母より二、三歳年下だ。

「お久しぶりです」

二人にあいさつすると、岩本さんは
「お、中田さんとも知り合いか」

と言った。

三人で、いろいろと世間話をした後、中田さんが聞いた。

「ところで、あなた、お母さんはどうしているの？」

「昨年から、徳間の老人ホームに入っています」

「あらまあ、いくらかかるの？」

私が、月におむつ代を含め二二万円かかることを話した。

「えー、そんなにかかるの？　あんた、うちに来な！　うちも特養を持ってるんだよ。特養なら月に六万円から一一万円くらいなもんだ。おむつ代もその中に含まれるんだよ。信州ホームなら近くていいでしょう。病院も近くだから安心だ。空きができたら、すぐにでも入れるように手配してやるよ」

「えー、それは助かります。おむつ代だけでも月に三万円かかるんですよ。ぜひ、お願いします」

渡りに船とはこのことだ。

「じゃあ、きょうホームのほうへは私から連絡しておくから、あす以降にこの人と連絡を取りなさい」

信州ホームのケアマネジャーの久保さんという女性職員を紹介してくれた。

「良かったなあ。おれのおふくろも、ここでお世話になっているんだよ」

岩本社長も喜んでくれた。

奈津子と仁に、特養に入れるようになったことを報告した。二人とも手放しで喜んだ。

「料金が安くなってよかったけれど、歩行のリハビリはどうなんだろうね。積極的にやってくれればいいね」

と、奈津子が不安そうに言った。

特養とは

「特養」とは「特別養護老人ホーム」の略称だ。

入居条件は六十五歳以上で、原則として要介護度3以上。費用は入居一時金は無しで、月の利用料は八万円から一三万円くらい。「寝たきり」や「認知症」などで在宅介護が困難な人のための施設として人気がある。長野市の場合、特養の収容人数は約一五〇〇人。特養への入所を希望し、順番待ちで待機している人は一〇〇〇人以上いるといわれている。

一般の老人ホームの費用は、施設によりさまざまだ。月額利用料金は一二万円から三〇万円以上と割高なため、特養の人気は高い。

特養の枠

後日、「憩いの家」で、水沢先生に会った。月に二回の先生の往診の日だった。先生に、中田さんから信州ホームへ誘われたことを報告した。

「月の支払いが二二万円から半分に減るんですよ」

私は無邪気に喜びを告げた。

一緒に喜んでくれると思っていたら、先生の顔が曇った。

「俺だって特養の枠は持っていたのに」

と、ぶっきらぼうに言ったまま、押し黙ってしまった。明らかに機嫌を損ねたようだ。

「憩いの家」を紹介した先生の面子をつぶしてしまったということか。勝手に特養への入所を決めたことに気を悪くしたんだ、と私は解釈した。

その日、奈津子にそのことを話すと、

「特養の枠を持っているんだったら、水沢先生も早く紹介してくれればよかったのにねえ」

確かにそのとおりだ。ただ、老人ホームも、それぞれが存続しなければならない。水沢先生も、関わっている老人ホームの面倒を見なければならないという事情があるのだろう。

「もう、お父さんの所へ行きたい！」

二〇一四（平成二十六）年九月三十日、母は八十七歳になった。

信州ホームの久保さんとは、ホームで会って入所に関する案内を受けた。あとは、空きが出るのを待つだけだ。すぐにでも入れると思っていたのだが、なかなか声が掛からなかった。

二〇一五年一月十二日の「成人の日」。おやつ前に「憩いの家」へ行ったら、母は部屋で寝ていた。気配で目を覚まし、私に気が付くと破顔一笑、

「わー！」

と叫んだ。いろいろな話を自分からした。三時二〇分ごろになった。

「おやつだよ。みんなのところへ行こうね」

「車いすなんか、いやだ。自分で歩く」

母がそう言うので、手伝ってベッドから降ろそうとしたが、うまく立てない。バレリーナのように、つま先立ちの状態になってしまい、足の裏を付けることができないのだ。

「だめだ。足が動かない」

母はため息をついてギブアップした。職員を呼んで車いすに移動させてもらった。

食卓に着いたら臭い。母はさっき、立とうとして力が入り、うんちを漏らしてしまったの

だ。職員に告げ、一緒にトイレに行った。職員のパット交換を学習しようと私も付いて行ったら、急に母が泣きだした。

「恥ずかしい。もう、お父さんの所へ行きたい！」

父は二十一年前に亡くなっている。母は自分のふがいなさに、やりきれなくなったのだろう。もう死にたい、と言うのだ。いろいろ分かっているんだと思い、ドキッとした。

帰る時間になり、

「そろそろ行くね」

と言うと、母は心細そうに私を仰ぎ見ながら、私の手を握って言った。

「まだいるよね」

「私、何もしてやれないから」

二〇一四（平成二十六）年十二月二十日午後三時半ごろ、母を訪ねた。先週、
「今度来るときはミカンを食べたい。一粒ずつ食べさせて」
と言ったので、皮をむいて
「白い筋は食べたほうが健康にいいらしいよ」

と一粒ずつ食べさせた。

「おいしい！」

と母は目を丸くしてほほえんだ。

ミカン二個を三〇分くらいかけて食べた。

私は、ちょっと母をからかった。

「俺、きょう、ここに泊まっちゃおうかな」

「……だめだよ。私、何もしてやれないから、あんた、お腹すいちゃうよ。帰りな」

母は何でも分かっているんだな、と思った。

左手が固まった

二〇一五（平成二十七）年五月の連休。「憩いの家」に入所して一年が過ぎた。五月の連休を迎え、奈津子と仁と三人で母を見舞った。きょうの母は左手を握ったままだった。

「あれ、お母さん、左手どうしたの？　開いて」

奈津子が言った。しかし、母は手を開こうとしない。私が手を取って開こうとすると、

「痛てー！」

と言って手を振り払う。

事務所に行き、看護師の小山さんに母の左手のことを聞いた。

「手を握ったまま筋肉や組織が固まってしまったんです」

「治らないんですか？」

「本人が自覚して治そうとしないから、むずかしいんです」

「何とかしてください」

そう言いながら、私は、母が死に向かっての一里塚を一つずつ通り過ぎている、どうしようもない過程なのだ、と感じた。

「うるせー！」

七月の土曜日のおやつの時間ごろ、私は「憩いの家」を訪れた。母は食堂の指定席に座ってボーっとしていた。私が椅子を持ってきて隣に座ると、気付いた母は
「あー！」
と言って手を振って笑った。そこへ、飯綱町のAさんが来て、母を見て言った。
「あー、このおばさんも来たばかりのころは元気だったけど、この一年で、すっかり弱っち

まったな」

母のことだ。

その言葉を聞いて母の表情がこわばった。私は母の無念な気持ちを推し量り、

「そんなことないよね。お母さんは元気だよね」

と励ました。

母はやりきれない思いだったのだろう。

誰もいない壁に向かい、泣きそうな顔で
「うるせー!」

と言った後、押し黙った。Aさんに言ったのか、私に言ったのかは分からなかった。

信州ホームへ

九月の半ばころ、信州ホームのケアマネジャー、久保さんから電話があった。九月下旬以降、いつでも入居できるという連絡だった。

「憩いの家」の鳥居さんと相談すると、九月中に出れば、入居料などの精算も楽だという。奈津子と仁と相談し、母の誕生日と重なってしまうが、九月三十日に引っ越すことにした。

二〇一五（平成二十七）年九月三十日。母は米寿を迎えた。きょうは信州ホームへ引っ越す日だ。奈津子と一〇時に「憩いの家」に着き、荷物をまとめた。といっても引き出し六つの簡易ダンスに入った衣類とタオル類ぐらいだ。

ちょうど、おやつの時間で、母は食堂にいた。

母をかわいがってくれた女性職員の田中さんは、休みなのに、わざわざ母にお別れを言いたくて出てきたという。彼女は涙ぐみながら、

「何も玉枝さんの誕生日に引っ越さなくてもいいのに」

私をにらむように恨み節を言った。

母のお気に入りだった男性介護士の香山さんと竹内さんは、怖い顔をして私に詰め寄った。

「何か、この施設に不満でもあったんですか？」

「とんでもない。皆さんには本当によくしていただいて、感謝しています。ただ、これから行くところは特養なので、費用が半分くらいで済むんです。理由はそれだけなんですよ」

私は苦し紛れに、そう説明した。

一週間ほど前、信州ホームという特養へ引っ越すことを母に告げた。

「これまで、月に二二万円かかっていたんだけど、今度のところは半分の一一万円くらいになるんだよ。よかったね」

母も喜んで笑ったように見えた。

母は、きょう「憩いの家」の仲間と別れて別の施設に行くということを理解しているのだろうか。ただ黙って我々のやり取りを見ていた。

一一時になった。タクシーが来る時間だ。

入居者の介護をしている人を除き、五人くらいの職員が玄関まで見送ってくれた。

「玉枝さーん」「玉ちゃん、元気でね」

口々に叫んで手を振る。それに応え、母も手を振っていた。

介護タクシーに母を車いすごと乗せて、私が付き添い、信州ホームへ向かった。

ホームに着くと、車いすごと母を降ろし、玄関入り口で手続きをした。

衣類や日用品、写真などのほか、事前にそろえるように言われたラックを運んだ。

母の部屋は二階のエレベーターから食堂へ向かう中間にあった。信州ホームには約七〇人の入居者がいる。部屋の入り口にドアは無く、カーテンで仕切られていた。部屋の奥の左側にベッド。右側にラックや車いすを置いた。

ケアマネジャーの久保さんから、

「お昼時間だから食堂へ行きましょう。玉枝さんの分も用意してあります」

と言われ、皆が座る席とは離れた廊下側のテーブルに座った。母は衣服を汚さないようにナプキンをかけてもらった。

食事は、おかゆ、とろみをつけたみそ汁、肉や野菜のシチュー、とろみのあるお茶だった。すべてフォークスプーンで食べる。少しこぼしたりするが、母は右手ですくっておいしそうに食べた。

四つの器を空にすると、私は母に
「よく食べたねー」

と褒めた。

「おいしかった?」

と聞くと、にっこりと笑った。

これまで、母が「まずい」というのを聞いたことがない。心身ともに健康な証拠だと思った。

「元気を出して!」

十一月二十七日、会社の電話が鳴った。私が出ると、年配の女性が、聞き取れないほどの、か細い声で話し出した。

「私は篠ノ井の老人ホームに入居している滝澤といいます。八十六歳です。数年前、パーキンソン病を発症し、車いす生活をしています。週刊長野の『私の歩み』で連載していた塚田前市長の本が出たそうですね。長野五輪当時、私は元気にボランティアをしていました。懐かしいので手に入れたいのですが、どうしたらいいですか？」

横内前編集長が塚田前市長に聞き書きして連載した「私の歩み」をまとめた本のことだ。前半に長野五輪のエピソードや裏話。後半に塚田さんの半生がつづられていた。塚田さんが五〇〇冊ほど自費出版したが足りなくて、さらに三〇〇冊ほど増刷した。会社には在庫がなかったので、横内さんからもらった私の本をあげようと思いついた。

「一冊残ってますよ。きょう、松代へ行く用事があるから、帰りに届けます」

老人ホームの名前を聞くと、オープンの時、取材したことがあったところだったので場所はすぐに分かった。

老人ホームに着いた。受付で要件を言うと、入居者たちの食堂で待つように言われた。

やがて、小柄な年配の女性が車いすで現れた。

「わざわざ持ってきていただいて、ご親切にありがとうございます」

「いえ、僕にもあなたくらいの母がいるもんで、他人事とは思えなかったんですよ」

滝澤さんは、受け取った本をめくりながら、うれしそうに言った。

「手はよく動くし、目も悪くないんです。ありがたく読ませていただきます」

「うん、当時を思い出して、元気を出してください！」

困っている人のためになれ、というのは母の教えだ。すがすがしい気持ちでホームを後にした。

「まだ若いよ。頑張って！」

年が明けて二〇一六（平成二十八）年一月中旬の午前一一時ころ、私が信州ホームを訪れると、母はすでに食堂にいた。通路のテーブルに移動して母の昼食を介助した。

「まずは、お水で口を湿らせますか。はい、アーン」

ポカリスエットのゼリーをスプーンですくって口に近づけると、母は口を開ける。ちょうど、ツバメの雛のようだ。誤嚥（ごえん）しないように、とろみをつけたおかず、味噌汁、ごはん、ポカリスエットを交互に口に運ぶと、母はおいしそうに食べた。完食だ。

「よく食べたね。おいしかった？」

私は母を褒めた。その時、

「あんた……」

後ろから声を掛ける人がいた。振り向くと、品のいいおばあさんが車いすで近づき、私たちの後ろにいた。

「どうしました？」

　私が聞いた。

「あんた、しょっちゅう来て、このおばあちゃんにご飯をあげてるね。あんたの事いつも見てるけど、優しくていい子だね。お孫さんかね？」

「いいえ、息子です。褒めてくれてありがとう。おばさんはいくつですか」

「私は坂本っていうんだけど、九十四歳だよ。お母さんはいくつなんだい？」

「八十八です」

「なんだ、それなら、まだ若いよ。頑張って！」

と母に向かって言った。母はうれしそうに、にっこりと笑って坂本さんに頭を下げた。

入所三年で亡くなる

長野駅ビルの土産通りに初めてテナントを構えた上田の「みすず飴」の三宝柑を買って、午後四時ころ、母を訪ねた。三宝柑という夏みかんくらいの大きさのミカンをくりぬいて、ゼリーを詰めたものだ。

「みすず飴、知ってるでしょ。そこで作ってるおいしいミカンゼリーだよ。食べる？」

母は

「うん」

と、うなずく。

まず、どんなものか見せると、母はおどけたように目を見張り、「おいしそう」というような表情をした。

「はい、アーン」

スプーンですくって口元へ運ぶと、母は口を開ける。

食べておいしいと、母は必ず目を見開いておどけた表情をする。きょうもそうだ。

「おいしい？」

「うん」

夏みかんくらいの大きさの三宝柑をペロッと完食した。

帰ろうとすると
「あんた、帰っちゃうんかい？」

と悲しそうな顔をする。

「また来るからね」

母は駄々をこねても仕方がないことを悟っている。さびしそうに下を向いた。

帰りに事務所に寄り、ケアマネジャーの久保さんに、気になっていたことを聞いた。

「この施設に入所して、平均どのくらいで亡くなるのか気になっています。そういう数字はあるのですか？」

「あるんです。平均三年ですね。入って一週間で亡くなる人もいれば、十年以上元気な人もいます。あくまでも平均です。玉枝さんは、ホームの中でも一番元気で表情も豊かです。認知症も進んでいませんね。長生きできると思います」

と久保さんは説明した。

「あと三年…」

私にとって、それは重くのしかかった。

「親不孝ばかりでごめんね」

二〇一六（平成二十八）年二月二十六日午後四時ころ、母を訪ねた。

母の好物のふき味噌、善光寺西側の老舗菓子店「喜世栄」のきんつば、リスクに強いヨーグルトを持って行った。母は体調がいいと食欲もある。

「何から食べる？」

三つを目の前にかざして聞くと、きょうはふき味噌を指さした。

「はい、アーン」

ふき味噌、ヨーグルト、きんつばの順番で一口ずつ食べさせた。三つとも完食だ。

私はふと、ふだん聞きづらいことを思い切って口にした。

「……お母さん、僕、今まで親不孝ばかりしてきてごめんね」

ちょっと間をおいてから、母は口元を緩め、仕方がないなぁという顔をした。

「許してくれるの？」

と聞くと、ふっと私に笑いかけ、うなずいた。

「これからも仲良くやって行こうね」

と私が言うと、母は涙ぐんでいた。

ふき味噌

三月に入り、母が突然、「フキ味噌を食べたい」と言った。

私は釣りが趣味なので、毎年二月十五日に上田市真田町の神川、三月に白馬村の姫川、戸隠の鳥居川、上楠川、四月に奥志賀高原の雑魚川などの解禁時期に、釣りの会の伊藤会長らと岩魚釣りに出かける。各地の解禁時期に、ちょうどフキノトウが出てくるので、三月から五月中旬にかけて毎週土曜日に、戸隠各地と志賀高原で釣りをしながらフキノトウを採った。日曜日の午前中にフキノトウを洗い、鰹節と昆布だしを利かせ、食用酒で薄めたみそと和え、オリーブオイルで炒める。この時期は毎週、手作りのふき味噌を母に届けた。

母の部屋に行き、起きていると
「玉ちゃーん」

と呼び掛け、

「はーいー」

と返事がある。介護ベッドで上体を起こし、スプーンでふき味噌をすくって食べさせると、母は目を丸くして「おいしい！」とにっこり笑って喜んでくれるのだ。

ふき味噌を食べるとき、母は必ずヨーグルトや喜世栄のきんつばなどもほしがった。

お見合い話

私が二十代後半から三十代のころ、母は、自分の高校時代の同級生などに頼んで、七人の女性と見合いをさせた。

私は二十七歳で大学を卒業したばかりで、結婚は全く考えられなかった。

「あんた、会うだけでもいいからさ。ね、ね、お願い」

渋る私に見合いを勧めるたびに、母は手を合わせて懇願した。

しかし、社会人としてのスタートが遅かった私は結婚を実感できず、見合いはしても結婚へはたどり着かなかった。

私が三十九歳の時、父が他界した。そのころから、母は見合い話を持ってこなくなった。

「さん」と「君」の区別

七月初旬、私が母に昼食を介助していると、仁一家が訪れた。妻の幸子さんと息子の剛君も一緒だ。昼食を済ませ、自室へ移動してから、仁が改めて、母に妻と息子を紹介した。

「お母さん、幸子だよ。こっちは剛」

すると、母は
「サチコさん？　ツヨシ君？」

と繰り返した。

「お母さん、すごい。『さん』と『君』を区別して使ってる！」

仁が驚いたように叫んだ。

「馬鹿にすんなよ。失礼しちゃうねえ、お母さん」

と私が母に同意を求めたが、母には意味が分からなかったようだった。

吸い込む力が弱った

九月のある日、母を訪ねた。
ヨーグルトより、紙パックのミルクを飲みたいと言うので、ストローを刺して飲ませた。
しかし、母は吸い込む力が弱ってしまい、うまく飲めない。私が紙パックを絞るようにして、
少しずつ口の中に入れた。

口が肥えた?

十月中旬、母を訪ねた。

「きょうは時間が無くて善光寺横の喜世栄へ行けなかったんだ。コンビニのきんつばだよ」

と言ってきんつばをスプーンですくって食べさせたら、母は顔をしかめた。

「これ、(いつものと)違う」

と言って、一口だけでやめてしまった。

(認知症になると、臭覚や味覚が無くなると言われてるけど、お母さんは口が肥えているんだなぁ)

と、びっくりした。

昔の話

「お母さん、昔の話をしようか」

と言って、父母の同僚だったS先生の写真を見せた。認知症を発症する前、母が私に告白したことがあった。

「お父さんと結婚しなかったら、S先生と結婚したかった」

◇

「S先生、覚えてる？」

私が聞くと、母は写真を見て、

「懐かしいね。覚えてるよ」

と、にこやかな笑顔で言った。

「お父さんとS先生のどちらが好き？」

私が意地悪な質問をすると、母は、首をかしげて、ちょっと考えてから、

「二人とも同じくらい好き」

と答えた。

三人がどんな関係だったのか、今となっては知る由もない。


「あ、これ鰻だ！」

二〇一六年九月二十九日。母の八十九歳の誕生日前日に、加藤鯉店の加藤修次社長から
「店へ来てほしい」と呼び出された。

加藤君は三十年来の友人で、加藤ファミリーとは、一緒に山に登ったり、食事をする。

「お母さんの誕生日に二人で食べて」

加藤君と奥さんの松子さん、娘の智香ちゃんが私を待っていて、焼き立ての鰻のかば焼き二匹を手渡された。

「毎週、お母さんの施設へ通ってる常盤さんを見ていると、私たちにも何か喜ばれることはないかなって思ったの」と奥さんが言った。

「ありがとう。おふくろ、喜ぶよ」

家に帰ってから、鰻のかば焼きの一匹の半分を包丁で叩き、アジのなめろうのようにしてタッパーに入れ、母を訪ねた。

「お母さん、きょうは鰻のかば焼きを持ってきたよ。加藤君ちでお母さんに食べてってって」

「鰻?」

最初のうち、母は鰻を分からなかった。

思い返してみれば、私は高校を卒業するまで鰻を食べたことが無かった。二浪目に初めて新宿で友人の親に鰻のかば焼きをごちそうになった。二十歳の時だった。そういえば、母が嫌いと言うことで、高校を卒業するまで牛肉も食べたことが無かった。京都で浪人した時に初めて食べた。

三人の子供を抱えた安サラリーマンの家だったから、鰻とか牛肉は高級品で食べさせられなかったのだろう。母も鰻とはあまり縁がなかったかもしれない。

「食べてみる?」

「うん」

なめろう状のかば焼きをスプーンですくって母に食べさせた。

すると、母は一口目で

「鰻だ! おいしー!」と叫んだ。

おそらく鰻を食べた数少ない経験の中で、味を思い出してくれたのだろう。一匹の半分を完食した。

加藤君一家にその時の母の様子や、我が家の経済的状況を報告すると、奥さんは

「お母さん、そんなに喜んでくれたなら、また持って行ってね」

と言ってくれた。

「歩けるようになりたい」

十一月十三日の昼前、母を訪ねた。

食堂にいた。昼食を介助しようと、廊下側のテーブルへ移動した。

食事が出るまでの間、

「お母さん、歩けるようになりたいよね？」

「うん」

「じゃあ、おやつや食事の前に足を動かそうよ。毎回、こんな具合に一〇回ずつやろうね」

母の両足を持ち上げて、交互に
「一、二、一、二」

声を掛けながら、上下に動かした。

「何をしてるんですか？」

スタッフから聞かれたので、訳を話すと、

「これからは、食事とおやつの前に、玉枝さんに『足揚げした？』と聞きますね」

と言ってくれた。

十二月四日に母を訪ねた。

「足揚げしてる？」

母は
「うん」

と答えた。

「あったかいよー」


十二月三十日の昼、母を訪ねると、食堂にいた。

車いす姿の母は、ズボンのすそが上にずり上がり、ふくらはぎが半分くらい出ていて寒そうに見えた。ズボン下は、はいていない。

「お母さん、足、寒くない？」

母は首をかしげたまま要領を得ない。

部屋に戻って、ロングソックスを探したがない。すぐに、信州ホーム近くの衣料品店「シマムラ」で、レッグウォーマーを三足買って来て、はかせた。

「あったかい？」

と聞くと、母は笑顔で
「あったかいよー！」

と言って喜んだ。

大腸がん

二〇一七（平成二十九）年三月二十三日の昼、安茂里の会社を訪問後、私は裾花川下流、あやとり橋の河川敷で、持参の玄米の握り飯に焼き鮭、ブロッコリー、市販の豆腐ハンバーグなどを詰めた弁当を食べていた。すると、突然携帯が鳴った。信州ホームからだ。嫌な予感がした。

「常盤さんですか？　お母さんが大腸がんと分かり、信州病院に入院しました。手続きをしてほしいので、すぐに来ていただけませんか？」

病院の看護師からの電話だった。

「はい、分かりました。すぐ行きます」

「信州病院三階の三一〇号室です。ナースステーションで入院手続きをしてください」

病院に着くと、入院やレンタル用品などの手続きを済ませた後、担当の冨田先生の話を聞いた。

先生はパソコンにＣＴスキャン画像で母の大腸内部を示しながら、

「昨年秋ころから、大腸がんの指標値が高かったので不審に思っていたんです。今回のＣＴスキャンで大腸と小腸の接合部にがんが見つかりました。このままだと、がんが腸内の食物の流れを止めて腸閉塞になる可能性があります。また、別の指標値から肝臓への転移も疑われています」

「先生、母は手術に耐えられますか?」

「高齢に加えて心不全や糖尿病があることから、手術は無理だと思います。腸閉塞を防ぐため、大腸にステントというパイプを通すことになります。そうすることで、流動物がスムーズに流れます。普通はステントの施術前に二リットルくらいの水を飲んで腸内をきれいにするんですが…」

「……母は二リットルなんて量の水を飲むことは無理です」

「そうですね。仕方がないから、信州病院にいる間は、口から食事はとらず、点滴だけで腸内をきれいにしていきます。その後市民病院へ転院して内科の先生の指示に従うことになります。市民病院でステントの施術ができる日は金曜日と決まっています。この後、一二時半ころから中田院長の所見も聞いてください」

腸閉塞

その後、中田院長の診察室へ通された。

私は、手術の可能性、がんのステージ、母の余命などを聞こうと質問事項をメモしていたのだが、院長は母の大腸がんの画像を示しながら一気にしゃべり始めた。

「大腸と小腸の接合部分にかなり大きながんがあります。このままほっておくと、がんが腸を圧迫して腸閉塞を起こし、あっという間に腹が膨らんで破裂します。お母さんは苦しみながら即死します。すぐにステントというパイプを通して、食べ物の通り道を確保しなければならない。すぐに転院できれば、きょうが月曜日だから、金曜日に施術できる。市民病院内科の守谷副院長へデータを送っておくから指示を待ってください」

「手術する?」

翌三月二十四日、病院を訪ねると、母は起きていた。施術するまで点滴だけということなので、私は椅子を持ってきてベッドの脇に座り、ぽつりぽつりと話し始めた。

「どこか痛いとこない?」

「ううん」

と母は首を振る。

「お母さんの大腸に悪い病気があるんだよ。…手術する?」

思い切って聞いた。
母は私の目を見つめ、少し考えてから、健気に
「うん」
と、うなずいた。がんであることを分かっているのだろうか。

◇

二十六日に、奈津子と仁と三人で母の病室を訪れた。

「大腸の手術する?」

私が聞くと、母は決意したような顔をしてキッパリと
「うん」

と答えた。

「痛いの我慢できる?」

奈津子が聞いた。母は、はっきりとうなずいた。自分でも重病と分かり、覚悟ができているのだ。

成功率五〇％

きょう二十六日は市民病院内科の守谷副院長の話を聞く日だ。

午前九時に奈津子と仁と三人で市民病院へ行った。

守谷先生は、こう説明した。

「手術は体力的に無理だから行いません。内科の金沢先生を担当医としてステントの施術を行います。これから、先生の指示を待っていてください」

と言った。

私たちは小一時間ほど内科の待合室の長椅子で待った。

「常盤玉枝さんのご家族の方」

呼ばれて小部屋に入った。

金沢先生は少年のようなあどけなさが残る三十代前半の若い内科医だった。

信州病院から送られた、母の大腸がんをパソコンの画面に写して説明した。

「お母さんのがんは、大腸と小腸の接合部にあります。先端にカメラが付いている針金のような装置を肛門から入れてステントを設置します。接合部は直角に曲がっており、がん細胞によって視認性はゼロです。がんで、もろくなっている大腸を突き破らないように、手探りでステントを通すことは至難の技です。成功率は五〇パーセントというところでしょう」

説明を聞きながら、私は映画『ミクロの決死圏』を思い出し、心臓がドキドキした。

「施術の日は、毎週金曜日の午後から深夜と決まっています。これから、冨田先生の伝達事項や所見を書いた手紙をいただき、施術は二日後の金曜日三月二十八日を予定しています。何か質問はありますか」

まず私が口火を切った。

「大腸の中をきれいにするために二リットルの水を飲まなければならないというのですが、母には無理です。金曜日までに点滴だけできれいになるのですか?」

「何も食べないわけですから、金曜日までにある程度きれいにできるでしょう」

「ステントの施術は、命の危険があるのですか?」

奈津子が聞いた。

「がんによって大腸の壁がもろくなっています。大体この位置にあるだろう、という手探り状態で管を通すときに、大腸を突き破ってしまうことがあるかもしれません。そうなれば、出血したり、雑菌が入ったりして命の危険もあります。大変難しい施術になりますが、トライします」

先生はきっぱりと言った。

「先生、何とか母をよろしくお願いします」

私たちは先生に手を合わせた。

施術を延期

二十七日の木曜日になった。市民病院からも信州病院からも何の連絡もないため、私は信州病院の地域連携係の釜本さんに、予定どおり金曜日の施術でいいのか聞いた。釜本さんは
「市民病院の担当医の金沢先生に直接聞いてほしい」

と言うので、市民病院の内科に問い合わせた。数分後、金沢先生から電話が来た。

「施術は予定どおり明日でいいのですか」

私が聞くと、先生は
「冨田先生からの申し送りの手紙が水曜日の昼までに届かなかったので、ステントの施術は一週間延びて四月七日になりました」

「え、中田院長は、腸閉塞になると大変なことになるから、ステントの施術は一刻を争うと言われたのですが、大丈夫なんですか?」

「手続きの順序を踏んで粛々とやる、ということです」

先生は突き放すように答えた。

私は信州病院へ行き、釜本さんに尋ねた。

「冨田先生の申し送りが水曜日の昼までに届かなかったから、ステントの施術は一週間延びて四月七日になるそうなんですが」

「そうですか。段取りについて私は分かりませんので、その辺のことは冨田先生の診療が済んでから聞いてください。一階の治療室の前でお待ちください。伝えておきます」

一二時半ごろ、冨田先生が診察室のドアを開けた。

先生はデスクの前で直立して、深々と頭を下げた。

「すみません。申し送りが遅れて、施術が一週間延びてしまいました。この一週間、点滴をすれば、大腸は施術しやすい程度にきれいになります」

「中田院長は腸閉塞を起こさないために施術は一刻を争うとおっしゃったのですが、腸閉塞は大丈夫ですか?」

私が核心をついた。

「口からの食事を取らずに点滴だけでやっていれば、すぐに腸閉塞になるということはありません」

冨田先生はキッパリと答えた。

みんなにサービス

三月末の土曜日午後一時、仁と妻の幸子さん、小学校六年の剛君、奈津子、夫の孝一さん、悠太、渓太、悠太の妻の秀美さん、一歳の健太、私の一〇人が母の枕元に集まった。
この一週間、点滴だけで生き延びている母は、首のあたりがやせたように見えた。
母は、奈津子の二男の渓太に気づいて
「あー、珍しいな」
と言った。
最初のうちは、「こんなに大勢でどうしたの」というような顔をして、笑顔はなかったが、悠太や仁の子供を紹介されるたびに、「うん、うん」と、相手の顔を見て
「よく来たねえ」
という歓迎の表情を示したり手を振った。
私が
「お母さん、七日、頑張ろうね」
と言うと、母は笑顔で
「はーい」

と明るく応えた。

仁の妻の幸子さんは
「今までで、一番よくしゃべったね。元気だね」

と驚いていた。

みんなで一緒に写真を撮るときも、母は笑顔でポーズをとった。精一杯サービスしているようで、健気に見えた。

善光寺七福神めぐり

四月二日、私は、成功率五〇％の施術の前に、母の命乞いを神頼みすることにした。幸い、今年一月に、加藤鯉店の加藤君らと三人で、市民ボランティアガイドによる七福神めぐりをしたので、コースは分かる。

「善光寺七福神めぐり」の七福神は次のとおり。

かるかや山西光寺の寿老人（長寿）―中央郵便局西側にある大国主神社の大黒天（福徳）―西後町の秋葉神社の福禄寿（幸福・財運・長寿）―権堂アーケードの往生院の弁才天（芸能）―藤屋御本陣の布袋様（福の神）―西宮神社の恵比寿様（商売繁盛）―世尊院の毘沙

門天（戦いの神様）

夕方五時半に家を出て、歩いて順番に回った。途中、千円札をコンビニで崩し、お賽銭用の小銭を作った。一カ所に一〇〇円ずつ大判振る舞いした。願ったことは

「母の施術が成功しますように。その後、がんが消えて、苦しまずに長生きしますように。僕と親族や友人たちが健康でありますように。宝くじが当たりますように」

約二時間半かかって、八時ころ家に着いた。

ガッツポーズ

四月六日、母は信州病院から市民病院へ移った。ベッドのまま移動する大型タクシー代は、市内なら片道七〇〇〇円と決まっている。

翌四月七日の金曜日午後一時に、奈津子と仁、私は市民病院のロビーで待ち合わせてから、南棟四階の母の病室へ行った。施術開始は午後三時だ。私たちが来たのを見て母は気丈に笑顔を振りまいた。これからの施術を予想しているのだろうか。この二週間点滴だけだったの

で、首筋のあたりが筋張っているように見えた。

「お母さん、これからパイプを通すからね。心配しなくていいからね」

不安そうな顔をしていた母は私の目を見ながら、小さくうなずいた。ベッドの傍らにいた奈津子が、母の手を握っていた。

二時半になった。

「では、そろそろ参りましょう」

三人の看護師が部屋を訪れ、ベッドごと母を運んだ。

私たちは一階のレストランと反対側にある処置室前のロビーで待機した。処置室は三部屋あり、ベッド上の母は、真ん中の部屋の前にいた。

金沢先生が私たちの前を通り過ぎた。

「先生、よろしくお願いします」

口々にお願いした。先生はニコッと笑い、自身を鼓舞するように、両こぶしを挙げてガッツポーズをした。

三時になった。ベッドごと母は部屋に入った。施術時間は一時間くらい、と聞いていた。

私たちはロビーのテーブル席で手を合わせ、施術の成功を祈った。時間は刻々と過ぎた。

四時前、私はトイレに立った。戻ると、奈津子と仁が私にうれしそうに報告した。

「今、金沢先生が前を通り過ぎた。成功したって！」

奈津子たちと別れた後、私は七福神にお礼参りした。

「長生きできるよ」

四月九日、母は市民病院から信州病院に移った。

私が一人で付き添った。病室へ行き、母に
「疲れた？」

と聞くと、母は
「ううん」

と首を振った。

「うまくいってよかったね。よく頑張ったね。これで、もっと長生きできるよ」

「えへへ」

母は、うれしそうに声を上げて笑った。

看護師によると、きょうから、体に負担にならない程度の抗がん剤治療を始めるそうだ。

がんは消えた?

母は信州病院から、その日のうちに信州ホームに戻った。

土曜日、おやつの時間に合わせ、母を見舞った。みんなと食堂にいると思ったら、母は部屋にいた。入居者の大半は食堂にいたが、最近、母はおやつの時間に、部屋に残されたままのことが多い。私は、母の食欲がないからだ、と、半ばあきらめていた。

母にフキ味噌やヨーグルトをあげているとき、部屋へ看護師の沢田さんが入ってきた。

「あ、いつも母をかわいがってくれて、ありがとうございます」

「玉枝さんは、私たちの間でアイドルなんですよ。いつも私たちに笑顔で声を掛けて手を振ってくれるんです。あ、ヨーグルト食べてる！　食欲あるんですね。さすが、息子さんがやると違いますね。食べ物がたくさんありますね。玉枝さん、何を食べてるの？」

「おふくろの好物のフキ味噌ときんつばです。母は善光寺近くの老舗菓子店「喜世栄」のファンなんです。この間、時間がなかったからコンビニのきんつばを買ってきたら、一口食べただけで『これ違う』と言って食べないんですよ」

「あらー、口が肥えちゃってるんだわ。玉枝さん、いつもおいしいものばかりでいいね！」

「沢田さん、ちょっといいですか」

私は彼女を部屋の外へ連れ出した。

私は、かすかな望みとともに、これまでずっと聞きたかったことを口にした。

「おふくろのことなんですが、がんの痛みもなければ、食欲もある。いつもニコニコ機嫌が良くて、具合の悪そうな様子がない。抗がん剤治療で、がんが消えてしまった、なんてことはないんですか？」

沢田さんは困ったような顔をして言った。

「……玉枝さんを見ていると体に爆弾を抱えているようには見えませんものね。世の中には、そういうこともあるらしいから、決して希望を捨てないようにしましょうね」

「今度の検査はいつあるんですか？　結果が楽しみだなぁ」

「七月に三カ月検診がありますから、祈って待っててください」

沢田看護師は神妙な顔で言った。

「恥ずかしかったよ」

四月三十日、おやつの時間に、母を訪ねた。

母は、部屋のベッドにいた。

上機嫌で、ふき味噌やヨーグルトを完食した。

「ねえ、お母さん。初めて施設に入った時のこと、覚えてる?」

「……うん。覚えてるよ」

「えー! 三年前のこと覚えてるの? お母さん、初めて施設に入るんで緊張しちゃって、施設へ着いたらすぐに、ゲロとうんちしちゃったんだよ」

「…うん、…恥ずかしかったよ」

「お母さん、すごいね。よく覚えてたね。お母さん、認知症じゃないよ」

私は、母の認知症が進行していないことを確信した。

◇

市民病院前院長の竹前先生は信大時代、松本の学生寮で横内前編集長と同室だった。二人は五十年来の親友だ。一昨年、市民病院から朝日ながの病院の院長に就任した。

横内さんとの関係で、私も山行や飲み会でご一緒させていただいている。

ある日、竹前先生に届け物があったので、病院を訪ねたら院長室に通された。

世間話をした後、母の話になった。私は母の認知症が進行していないんじゃないかと先生に尋ねた。

「三年前、母が初めて施設に入所した日に、駐車場に着くと、緊張した母は車中でゲロとうんちをしてしまったんです。先日、母にその時のことを聞いたら、驚いたことに、しっかり覚えていて、『（あの時は）恥ずかしかったよ』と言ったんです」

話を聞いた先生は

「アルツハイマー患者が記憶をたどること自体ありえないことだよ。常盤さんの献身的な介護によって、お母さんの脳細胞はよみがえっているんじゃないかな」

と驚いていた。

「息子に似てるね」

五月上旬、母を訪ねた。

きょうの母は、ちょっとボーっとしていた。

私を見て、いぶかしげな顔をして言った。

「……あんた、私の息子に似てるね」

翌日、母にそのことを話すと、

「やだねー」

と言って大笑いした。

そこへ、看護師の沢田さんが来た。

「楽しそうですね。笑うことが玉枝さんには一番いい薬なんですよ。玉枝さんは、痛みが無く、食欲があり、いつも明るく元気だから、長生きしてくれると思います」

雑魚川で滑落

三月末から四月上旬にかけて母の施術があったので、今年は渓流釣りの解禁に行けなかった。母の好きなふき味噌を持って行くこともできないでいた。四月下旬になってやっと、伊藤会長と戸隠の上楠川へ釣りに行き、フキノトウを採り、ふき味噌を食べさせることができた。

「来週は、雑魚川で釣るから、志賀高原のフキノトウを取って来るよ」

と母に約束した。

五月上旬の土曜日、伊藤会長と雑魚川へ出かけた。

今年は雪が多く、奥志賀高原一帯の山は約二メートルの残雪で覆われていた。この時季、雪があるから入渓もしやすいのだ。今年は大雪の後、天気のよい日もあり、解けた雪が朝晩の寒さで凍り、山の斜面はアイスバーンになっていた。

「ここから川へ下りよう」

伊藤会長の後から、私も続いて下り始めた。

山の中腹を下り、谷川の瀬音が聞こえるほどの斜面で、私はしりもちをついてしまった。するとし、樹脂製の胴長はアイスバーンをスキー板のように滑り、あっという間に十数メートルほど崖のほうへ滑落した。

途中、木があったので、手でつかまろうとしたが、すごいスピードだったので振り切られた。崖っぷちまで、あと一〇メートルほどに迫った。崖から十数メートル下は、岩だらけの谷川だ。

「死ぬ！」

と思った時、母の笑顔が浮かんだ。

「そうだ、俺は、おふくろを看取らなければならないんだ。今、死ぬわけにはいかない」

刹那に気を取り直した時、前方の崖っぷちに三本の木が見えた。

間一髪、両足で木の根元に踏ん張った。

「……止まった」

私は全身が脱力してしまい、木の根元で、ぐったりしていた。起き上がる力がわいてこなかった。足元から三〇センチほどずれた下方をのぞくと、十数メートル下に切り立った崖の壁面と岩だらけの谷川が見えた。私の竿が二本、スローモーションのように落下していった。

「……助かった！」

私は生きていたことを母に感謝した。

やがて、全身から沸々と力がみなぎってきた。残された母の介護を全力で果たすことを改めて誓った。

◇

竿がなくなったので昼までに長野に帰った。

午後、おやつの時間に母を訪ねた。

「玉ちゃーん」

「はーい」

とエールを交換した後、きんつばとヨーグルトを介助すると、完食した。

「きょう、伊藤ちゃんと奥志賀高原の雑魚川へ釣りに行ってきたんだよ。雪が二メートルも残っててさ、山から川へ下りようとしたら、滑って崖下へ落ちるところだったんだ。フキノトウは取れなかったので、きょうはふき味噌はないよ」

「あんた、おっかないところへ行っちゃやだよ」

と母は心配してくれた。

私が帰ろうとすると、

「どこ行くの？　さびしいよ」

と、ぐずるので、部屋を三回も行ったり来たりしてしまった。

「年を越すことは難しい」

七月十八日、信州ホームの久保ケアマネジャーから電話があった。三カ月検診の結果について冨田先生から話があるから、明日の一一時ごろ信州病院へ来るように、と言われた。

約束の時間に待合室で待っていると、間もなく名前を呼ばれ、診察室へ通された。

冨田先生は難しい顔をして、検査結果のペーパーを見ながら言った。

「玉枝さんの大腸がんはステントで落ち着いています。ただ、転移した肝臓がんが、すさまじい勢いで成長しているんですね。健康な人の倍くらいの数値です。これほどの勢いだと、玉枝さんが年を越すことは難しいと思われます」

「…先生、母はがんの痛みを訴えることもなく、食欲も旺盛で、いつも元気で明るい表情をしていて、施設の人たちからも、かわいがられています。抗がん剤治療でがんが消えたんじゃないかって言い合っていたほどなんです。そんなに症状が悪化しているなんて、僕には信じられません」

「息子さんが信じたくない気持ちはよく分かります。しかし、肝臓がんを示す指標がこれだけ高いとなると、本人は、かなりだるいはずです。私には、周囲に心配かけまいと、玉枝さんが努めて我慢して元気を出しているんだとしか思えません」

「…そうですか」

「玉枝さんは肝臓がんもあるから、まもなく、黄疸が出たり、尿の量が極端に少なくなると思います。そうなったら、数日で亡くなります。覚悟だけはしておいてください」

先生の宣告があまりに衝撃的で、私は耳を疑った。これまでの楽観的な自分を呪った。


「お前、かわいいなぁ!」

冨田先生の話を聞いた後、私は気を取り直して、近くのコンビニでヨーグルトとミルクを買い、信州ホームの母の部屋に寄った。

母はヨーグルトを完食した。

私は冨田先生の言葉を頭の中で繰り返し、すっかり意気消沈していた。

と、母の視線を感じた。母は私の顔をじっと見つめて、ニコニコしている。

「……どうしたの？」

と聞くと、母は笑顔で
「……お前、かわいいなぁ！」

と、つぶやいた。

「え？ おれのこと？」

突然、意外なことを言うので、驚いた私が聞き返すと、母はニッコリと笑って
「うん」

と、うなずいた。

私は、母が精一杯、感謝の気持ちを伝えたかったのだと思った。

◇

「お前、かわいいなぁ！」

（……あれ、この言葉は、はるか昔に聞いたことがあるぞ）

私が四歳のころ、真島保育園に初登園する日の朝のことだ。牟礼から真島に引っ越してきたばかりの私は、知らない子供たちばかりの保育園に行くことが不安だった。一人ぼっちにされるようで、その朝は登園をぐずっていた。

私の気持ちを察したのか、家を出るところから、母は私と並んで、保育園への道を付き添ってくれた。

一〇〇メートル、二〇〇メートル、三〇〇メートル。

集落が途切れ、ここから先はリンゴ畑になる角まできた。

泣きべそをかいていた私は思い切って言った。

「……もう、ここでいいよ。あとは一人で行くから」

母は、じっと私の顔をのぞき込み、泣き笑いの顔で言った。

「お前、かわいいなぁ!」

ぐったり

八月中旬の昼、母を訪ねた。

すや亀のふき味噌や、喜世栄のきんつば、ヨーグルトなどを持参した。

部屋に母はいなかった。

通りかかったスタッフに尋ねると、

「玉枝さんは、昨日の夜と今朝、食欲が無くて、今、看護師室で点滴を受けています」

看護師室へ行くと、母はベッドに横たわっていた。

目を開けているのだが、ぐったりしていて、私が話しかけても、何も答えなかった。とてもだるそうに見えた。

看護師の沢田さんが部屋に入ってきた。

「これからは、こういうことが増えていきますからね。覚悟していてください」

柳沢京子さん

九月三日、母を訪ねた。前の日に点滴をしたそうで、きょうは元気な笑顔を見せてくれた。

切り絵作家の柳沢京子さんの水芭蕉の絵を見せた。母は熱心に見入っていた。

「先生を知ってるの？　ファンなの？」

母はニッコリうなずいた。

「先生は、ぼくの三十年来の知り合いで姉貴分みたいなものだから、今度作品を買ってくるよ」

母はうれしそうに笑った。

◇

数日後、柳沢京子事務所を訪ねた。花の作品を購入したい旨を話してあったので、先生は自身が一番お気に入りだというシロツメクサの作品を用意してくれていた。

母ロスを乗り越えるためには、どんな心構えでいたらいいのか、と尋ねた。先生はこう話した。

「聖書に、地面に落ちた一粒の麦が立派な穂を実らせて、その役割を果たすという話があります。常盤さんのお母さんも三人の子供たちを立派に育てたんだから、一粒の麦としての役割を十分果たしたのよ。お母さんに『ありがとう』と言ってあげて」

◇

柳沢京子事務所を出るとすぐ、私は母を訪ねた。

母は部屋でまどろんでいるようだったが、私に気づくと起きた。

「柳沢京子さんから『シロツメクサ』の作品をもらってきたよ！　ほら！」

切り絵を見せると母は

「おう！」

と言って、目を見開いて喜んだ。

「小さいころ、シロツメクサで花飾りなんか編んだでしょう?」

私がそう言うと、母は懐かしそうな目をした。帰るころになっても、母はじっと絵を眺めているから、ずっと見られるように、ベッドの傍らに絵を立て掛けて帰ることにした。

親子の絆

九月七日、権堂の「歓在」という店で、屋代高校時代のクラスメート三人で飲んだ。

ここの店主は渋谷明さん。権堂の高月という老舗料亭で二十四年間、料理長を務めた人だ。最盛期、高月には四、五人の料理人がいた。高月は、県や市の料理コンクールで何度も優勝したり、一位から三位までを独占したりした。オーナーが亡くなったため、十三年前に店を閉じた。

寺澤正人は、上智大法学部を出て市役所に入り、広聴課を皮切りに商工観光課、議会運営事務局などを経て、総務部長まで上り詰めた。一昨年市役所を退職し、今はエムウェーブの専務だ。

川田志郎とは高校卒業以来、実に四十四年ぶりの再会だ。千葉大工学部を出てから、東京のメーカーに務めた。認知症の母親が長野市内の特養に入っているので、二カ月に一度くらい、単身で会いに来るのだそうだ。

「お母さんの具合はどうなんだ？」

私が尋ねると、

「施設へ行っても、おふくろはおれのことを誰か分からないんだ。会話も成り立たない。数時間、母の傍らで、ただ顔を見ているだけで帰るんだ。しかし、東京に戻ると、また、会わずにはいられなくなるんだ」

川田は苦笑しながら言った。

寺澤が後を継いだ。

「それが、親子の絆というもんさ。…おれは七歳で母を亡くした。小さなころから、毎年母の命日に墓参りに行った。卒業、入学、就職、結婚など、人生の節目、節目に墓前に報告することで、自分の心の平安を保つことができた。俺の記憶の中で母親はいつまでも生き続けていてくれるんだ」

「なるほど、自分の記憶の中で、おふくろはずっと生き続けてくれるんだな。そう考えれば、母ロスの苦しみも和らぐな」

と私は納得した。

「文ちゃんとこへ行こう」

九月十八日、母を訪ねた。

きょうの母は元気だった。私が部屋へ入ると、ニコニコと手を振った。

ふき味噌とヨーグルトを完食した。

「文ちゃん、どうしてるかね」

ふと、私は、母より十くらい上の長姉のことを話題にした。佐久の施設に入っていると聞いている。母は
「会いたいな」

と言ってから、何かスイッチが入ったように
「文ちゃんとこへ行こう！」

と大声で三回も繰り返した。

「元気になったら行こうね」

と私はあやすように言った。

アオリイカ

十月初旬、母を訪ねると、母はベッドで眠っていた。

そのうちに私の気配に気づいて目を覚ました。サービス精神旺盛な母は一生懸命に笑顔を作ろうとするのだが、最近は、衰弱が進み、ひきつったような顔になってしまう。

（今の母にしてあげられることは何だろう？）

ふと思いついて言った。

「お母さん、アオリイカ好きだったね。食べたい？」

母は、目を丸くして喜び、しゃがれた声で
「食べたい」

と言った。

「分かった。来週の金曜の夜、新潟へ行って、夜と朝トライしてくるよ。待っててね」

私は金曜日の夕方六時ころ、一人で長野を出発した。目指すは、アオリイカの一級ポイントといわれる新潟県と富山県の県境にある市振漁港だ。隣にキャンプ場と駐車場があり、釣り場へのアプローチが容易だ。魚影も濃い。

夜の九時ごろ、到着。釣りの準備にかかる。

アオリイカ釣りは、エギと呼ばれるエビに似せた和製ルアーを遠投し、カウントダウンして着底させてから、竿を振ったりシェイクしてイカを誘う。夜間や明け方の釣果が良いのだ。釣り場の防波堤に着いた。真夜中だが三〇人くらいの釣り人がいた。二時間ほど粘ったが、魚信すらなかった。周りの人に状況を聞くと、

「昨日は良かったのに今日は駄目だ」

という返事が多かった。私は明朝に望みをかけ、撤退した。

朝三時、辺りはまだ暗いが、駐車場内は、行き来する釣り人たちであわただしかった。私はヘッドライトを装着し、昨夜セットしたままの竿と、仕掛け類と氷の入ったクーラーを持って釣り場を目指した。

堤防には一〇メートル間隔で釣り人が入っていた。幸い、角近くにスペースがあったので、クーラーを置き、釣りを開始した。

すると、一投目から魚信があった。軽く合わせると、間違いない、アオリイカだ。今ごろの時季は胴寸一五センチ以上になるのだが、小さなコロッケサイズだった。それでも一人前の分量はある。

「これで、母に喜んでもらえる！」

と小躍りした。

周囲が薄明るくなったころ、もう一杯追加した。

イカの目の間にナイフを入れて活け締めし、ロープを付けたバケツで汲んだ海水できれいに洗って、氷を入れたポリ袋にしまった。

しかし、帰りの道中考えた。

(俺がさばいたイカの刺身は果たして安全だろうか？　入れ歯をはずしている母は、今は流動食しか食べられない。このイカは包丁で叩き、アジのなめろう状態にしなければ母は食べることができない。俺の包丁もまな板も水洗いするだけで殺菌などしていない。そんなグチャグチャにした生ものを食べて食あたりでも起こしたら、死期を早めてしまうのではないか)

結局、母にアオリイカを食べさせることは断念した。

高熱が出た

十月二十二日の朝、信州ホームから電話が鳴った。看護師の沢田さんがあわてた調子で叫んだ。

「玉枝さんが八度五分の高熱を出しました。また信州病院に入院ということになるかもしれません。承知しておいてください」

「分かりました。すぐに死んじゃうとか、そういう深刻な状態ですか？」

「私には分かりませんが、きょう、あすということはないと思います。でも、三日先は分かりません」

沢田さんの混乱ぶりから、母の容体は、かなり深刻なのだ、と思った。

信州ホームへ行くと、母はぐったりしていて目を覚ますことはなかった。私は、母の死が近いと直感した。すぐに奈津子と仁に連絡し、

「いつでも来られるようにしておいて」

と、話した。二人とも、母の死が近いことを理解したようだった。

座薬のおかげで二十三日に熱が七度台に下がった。しかし、母の意識は戻らず、ぐったりしていた。看護師室へ行くと

「今、信州病院はベッドがいっぱいですが、空き次第、入院しましょう」

と言われた。

（もう母の意識は戻らないだろう）

と私は思った。

家に帰ってから、仏壇の父の写真に手を合わせた。

「お父さん、お母さんを助けてください！」

一日だけの奇跡

二十四日、午後二時半ころ、母の部屋を訪ねた。

意外なことに、母は意識が戻り、元気そうな顔をして目を覚ましていた。私を見ると、いつものにこやかな表情を浮かべた。

「あれ、元気そうだね。何か食べる？」

さすがにヨーグルトには首を振ったが、カロリーメイトのリンゴジュレを指差した。

スプーンで介助すると、おいしそうにどんどん食べて完食した。

そこへ看護師の沢田さんが入ってきた。

「玉枝さん、いかがですか？」

「元気になって、今、これを完食したところです」

空になった二〇〇ミリリットルのリンゴジュレの容器を見せると、

「……信じられない！　昨日までぐったりしていたのに。きょうは朝も昼も、しっかり食べられたんですよ。これだけ元気なら、入院の必要はないわ」

帰ってから、奈津子に電話すると、

「私も心配で昼に行ったの。元気でびっくりした」

「おれ昨夜、お父さんにお願いしたんだ。お母さんを助けてって」

「きのうって、十月二十三日だよね。お父さんの命日だよ。きっと、お父さんが助けてくれたんだよ。よかったね」

なるほど、と私は納得した。

「おしっこ、してない！」

二十五日の朝、電話が鳴った。

「まさか？」

信州病院からだった。

「玉枝さんが三十九度の熱を出して入院しました。入院手続きをしてください」

病院の看護師から事務的な声が響いた。

すぐに病院へ駆けつけた。母はベッドに横たわったままで、呼びかけにも応じなかった。

すぐに、冨田先生の部屋に呼び出された。

「一連の発熱は、お母さんのがんが悪さをしているんだと思います。小康状態だから、三十日の月曜日の昼ころまで様子を見ましょう」

二十六日、二十七日と、母は目覚めなかった。二十八日の朝、信州病院から電話があった。母が下血したというのだ。

昭和天皇が下血してから、間もなく亡くなったことを思い出した。がんでもろくなっていた大腸の壁が破れたのだろうか？　看護師に聞くと、下血という段階になれば、もはや原因を究明しても仕方ないという雰囲気だった。

冨田先生が病室に来て
「検査の結果が月曜日に出るから、それで対策を考えましょう」

と言った。

先生が部屋から出るときに、母のベッドのわきの尿ケースの量を見た。

「あれ、全然おしっこしてない！」

先生は担当看護師に、いつから尿が出ないのか聞いた。

「今朝八時から尿が出ていません」

という看護師の言葉を聞いた冨田先生は私に向かってこう言った。

「尿が出ないと、人間は四十八時間以内に亡くなっちゃうのよ。常盤さん、これからは家族で交代で付き添ってくださいね」

　冨田先生の指示で、八時間交代で、きょうだい三人で付き添うことにした。朝からは私が母に付き添った。夜からは仁が泊まり込む。奈津子は翌朝から来る。

　二十九日の朝八時ころ、病院を訪ねると、仁はすでに起きて母のベッドの傍らに座っていた。

　ベッドの横には、心拍数、血圧、呼吸数などを示すオシロスコープが設置されていた。心拍数と血圧は八〇台だった。呼吸数は五〇台。普通の数値を知らないので緊急性が分からないが、母は、きょう、あすの命なのだ。

「お母さん、玉ちゃん！」

　たまらず枕もとで呼びかけると、見えているかどうか分からないが、母の開いた目の眼球だけが私の声のする方向を追った。顔を向けたり、言葉を発することはなかった。

「水、飲む？」

　などと聞くが、反応は全くない。

　そこへ当番医らしい若い男性医師が母の様子を見に来た。

「先生、母の尿が出ないんですが、どうしたらいいんでしょうか？」

「……もう、体が尿を作れなくなっちゃったんですよ」

もう、どうしようもないのだと言わんばかりの医師の言葉に、私は希望を失った。

「幸子と剛が昼ころまでに着く」

と仁が言った。九時ころ、奈津子も駆けつけた。

心拍数、血圧、呼吸数とも徐々に下がっていった。

昼ころ、幸子さんと剛君が間に合った。仁と三人で昼飯を食べに行った。

奈津子と二人でいると、うんちのにおいがしてきた。母が脱糞したのだ。看護師に伝え、清浄してもらっている間、外に出て待っていると、部屋から出てきた看護師が叫んだ。

「お母さんが三度目の下血をしました。量は一二〇グラムです。これから血圧が急に下がると思います」

午後一時ごろ、仁一家が戻ると、母はそれを待っていたかのように危篤状態に陥った。

奈津子が母の手を握っていた。

「反応があるか？　握り返すか？」

私が聞いたけれど、奈津子は目をつぶって首を横に振った。

看護師が当番医を呼びに行った。

先ほどの医師が部屋に入ると同時に、オシロスコープがピーっと鳴った。波が平たんになり、すべての数値がゼロになった。

「お母さん！」「お母さん！」

みんなで呼びかけたが、母は目を閉じたまま、ピクリとも動かなかった。

医師はオシロスコープに付いていた時計を見た。

「一時五二分、ご臨終です」

「玉ちゃん、ありがとう」

十一月一日の葬儀の日、喪主の私は最後の挨拶で次のように述べた。

「明るく元気で人なつこかった母は、施設のスタッフや看護師さんたちからも〝玉ちゃん〟〝玉枝さん〟とかわいがられました。

十年ほど前、初期のアルツハイマーと診断されましたが、亡くなる直前の九十歳になっても、子供たちや孫たちの名前と顔を覚えていて、いつも笑顔で人へのサービス精神や真心を忘れなかった母は、ぼくの誇りです。

母は、私や妹、弟たちの記憶の中でいつまでも生きています。どうか、皆さんも時々でいいから、〝こんなかわいい人がいたんだ〟と、母のことを思い出していただけたら幸いです。そうしたら、母はたくさんの人たちの心の中でも生き続けてくれることでしょう」

四十九日

二〇一七（平成二十九）年十二月十六日、小春日和の暖かな日だった。東光寺で母の四十九日を済ませた。宗夫、奈津子、仁、奈津子の夫の孝一さん、二男の渓太が出席。法要後、父の墓へ行き、住職の読経後、墓を開け、父の骨の横に母の骨壺を収めた。

予約していた寿司屋で昼食を取りながら、暖かくなってから、きょうだい三人で母の遺品を整理しようと話した。

九年前の手紙

二〇一八（平成三十）年四月二十八日一〇時から、奈津子と仁と三人で母の遺品を整理した。

二時間ほどで、あらかた片付いた。あとは、桐の箪笥に収納されている母の着物類だけだ。

八段の引き出しすべてが、高級そうな反物や留袖で一杯になっていた。

「お母さん、着物買い過ぎだよね。これは、業者さんに引き取ってもらおう」

奈津子の提案に、みんな納得した。

後日、着物の買い取り業者が来た。

見積もりして帰るとき、

「着物の間にこんなものがありましたよ」

と言って私にA４判の茶封筒を手渡した。

中には封筒に入った一〇万円と手紙があった。

(母の字だ！)

「宗夫君へ
何度もお金を失くしてごめんね。これは仏壇の奥から出てきました。また怒られちゃうから、タンスに隠しておきます。
もし、あなたがこの封筒を見つけたら、おいしいお寿司を食べに連れてってね。
二〇〇九年十月二十日　　　　玉枝」

著者略歴

常盤　宗夫　（ときわ　むねお）

1955年　長野市生まれ

1982年　早稲田大学法学部卒

1985年　週刊長野新聞社入社

玉ちゃんの奇跡

～母親の認知症の進行を止めた愛の介護ドキュメンタリー～

2018年11月９日　第１刷発行

著　者　常盤宗夫

発行者　木戸ひろし

発行所　ほおずき書籍株式会社

〒381-0012　長野県長野市柳原2133-5

☎026-244-0235

www.hoozuki.co.jp

発売元　株式会社星雲社

〒112-0005　東京都文京区水道1-3-30

☎03-3868-3275

ISBN978-4-434-25322-5